労働NPOの事件簿

仕事をめぐる
「名もなき人たち」のたたかい

Kitade Shigeru
北出 茂

花伝社

労働ＮＰＯの事件簿――仕事をめぐる「名もなき人たち」のたたかい◆目次

第1章　派遣社員に対する差別的待遇　7

第2章　非正規社員に対する雇止め　31

第1章　派遣社員に対する差別的待遇

1　社員食堂での差別

剣崎は、製造業で派遣社員として働いていた。

剣崎は悩んでいた。派遣先で所属している製造第二課の上長のパワハラについてである。先日など、いきなり出張を命じられた。「明日、出張だから」と言われ、前日に予定表を渡されるという無茶振りをされてしまった。

問題はその拘束時間である。朝早くから夜遅くまで。

「君の働きぶりじゃあ、朝早くからきてもらって、夜は残ってやっても当然だもんな」

こんな扱いは違法ではないのだろうか。不条理ではないのだろうか。剣崎はそう思ったが、言葉には出せなかった。

出張はその日以来ないが、叱責は毎日のことだ。今日も午前中、仕事で失敗をして、上長からこっぴどく叱られてしまった。いつものことながら落ち込む。落ち込んでいる剣崎をフォローしてくれたのが、すぐ隣の製造第一課で働いている正本だった。

「剣崎くん。失敗は誰かてある。間違いしたかてかまへん。次に生かしたらええのやさかいな」

仲の良い先輩の正本は、剣崎が派遣されている派遣先の会社で正社員として働いている。

「ありがとうございます」

工場勤務で慣れることの一つに臭いと音とがある。油の混じったような臭いも、剣崎は慣れれば味があると思えるようになってきた。工場では、作業音がBGMを奏でている。ベルトコンベアーの音に時々金属的な音が混じる。

時計の針が12時を示すと同時に、昼のチャイムが鳴った。その瞬間を境に、工場は作業音が止まり、空調の音だけが静かに響く空間に変わった。

「よし、じゃあメシにするか」

正本は励ますように、剣崎の肩にポンポンと手を置いた。

「はい。お供させていただきます」

殊勝な言葉遣いをしたのは、一緒にランチをするときはおごりだからでもある。

剣崎は正本に連れられて社員食堂へ入った。正本は食堂の入り口横に設置されている食券の自動販売機に現金を入れ、「日替わり定食」と「2枚」のボタンを押した。今日の日替わり定食は焼きサバがおかずだ。うまい。

事件は、食べ終わってそろそろ食堂席を離れようかという時刻に起こった。

「そちら、出入りの業者の方とちゃいますか?」

突然剣崎は、食堂で働いている女性の方に声をかけられた。

「出入りの業者の方はここ、使こてもろたらあきませんねん。今日はよろしいですけど」

剣崎は、どうしたものかと狼狽してしまった。

「えっ。僕は派遣社員なんですが……出入りの業者……部外者になるわけですか?」

一緒にいた正本が、後ろを振り返って説明した。

「彼は僕の連れですねん。うちの工場で仕事をお願いして来てくれている人ですねん」

食堂で働いている女性は、怪しい人ではないことはわかったという表情を浮かべた。

正本は、一応言っておかなければ、というような口調で付け加えた。

「これまでかて、業者の人たちが弁当を持って会社の食堂を使ってましたやろ? なんで今日だけ言われなあきませんねん」

女性は困ったという顔で続けた。

「うちらに言われても困りますわ。上から言われてるだけですやん。食堂の利用には問題がなくても、正社員以外の人にこの食券販売機を使わせると問題があるみたいですねん」

その時、食堂で昼食を食べ終わったほかの社員の方が何の口論かと集まってきた。

「どうしました?」

「なんか、派遣社員の方は食券は買えないらしいんやけど」

話によると、食事には補助が出ており、正社員には福利厚生費として処理されているので、社員以外には「特別価格」での提供はできないということのようであった。本来、社員証をつけているかどうかでチェックしなければならないらしい。

「それは建前なのかな？　厳格に運用しないといけないのかな？　経営上の問題なのかな？」

「割引対象者を前提にしている食券のシステム上は問題がないとはいえないんだけど、飯ぐらい一緒に食堂でしてくれていいよな」

「よし、正本さんは、大食漢で2人前を注文したけど、食べきれなかって捨てなければならなかったところを、モッタイナイので派遣さんに手伝って食べてもらった。こういうことにしておこう。これで問題ないだろう」

野次馬たちは口々に好きなことを言っていたが、うまく機転を利かせてくれる人もいて、何とかその場は丸く収まった。午後の仕事があるので、みんなは工場に戻っていった。

剣崎は、なんとなく釈然としない思いでいた。食堂のおばさんは上から言われていることを伝えただけだろう。彼女が悪いわけではない。社員食堂なのだから、福利厚生で社員にだけ「特別価格」で提供していることも理解できる。

ただ、自分のような派遣社員は食堂を使いにくくなってしまうではないか。もちろん、自分は派遣社員としてこの会社に派遣されているだけだ。つまり、正社員と派遣社員とは所属している会社が違う。労働条件も違うことが多い。

野次馬の社員さんたちは、機転を利かせてたりして、自分も受け入れてくれている。でも、自分のことを「派遣さん」と呼んだりして、どこかで「正社員」と「派遣社員」を分けて線を引いているように感じられてならない。

そんな剣崎の心を見透かしたように声をかけてくれたのが、正本だった。

「剣崎くん。今日、これに付き合ってくれへんかな？　おごるよ」

正本は右手でおちょこを口やるポーズをした。

「ありがとうございます」と言って、剣崎はうなずいた。


職場の工場を出た最寄り駅近くの居酒屋に2人はいた。

「僕、なんだか、正社員と派遣社員とが差別されているように感じることがあるんですよね」

剣崎は、正直に自分の思いを正本に話してみた。日頃のパワハラ的な上長の叱責も、どこか差別意識に基づいているような気がしてならない。さらに、今日の昼食時の出来事で感じた違和感。

「なるほど。何か割り切れんもんが、心の片隅に住んでしもとるんやな」

正本はビールを口にすると、少しずつ語り始めた。

「隣の課の上長は、誰に対してもきついところがある。君にだけ厳しいわけではないと思う。昼食時の出来事については、昔はうちの会社でも、社員以外は社員食堂を使えないことになっとった。せやけど、おかしいという声が上がった。そもそも、会社の仕事は様々な人たちが関わって成り立っとる。直接雇用の正社員だけやあらへん。派遣元から派遣されてくる派遣社員、工場の設備の補修をする人、関連業務を委託された業者の人、資材や原料を運んでくるトラックの運転手さんもそうや。会社の仕事は社内の人だけでなく、社外の人を含めた共働作業で成り立っとる。食堂を一緒に使うことくらい何の問題も起きひんもんな」

剣崎は、正本の前では素直に思いを打ち明けることができた。

「僕、前の派遣先では、正本さんのような仲良くしてくれる人がいなかったんです。なんとなく、派遣社員の引け目を感じていたんだと思います。正本さんのような正社員の方にはわからないかもしれませんが、派遣社員は、経済的に苦しいだけでなく、精神的に苦しいんです。5年後の未来が見えないというか……。それに、派遣社員には……なんというか……戻れる職場がないんです」

剣崎は正本に、時々言葉に詰まりながら、自分の気持ちを打ち明けた。打ち明けながら、なんだか不思議な気持ちになっていた。なぜ、この人は自分の気持ちを理解してくれているんだろう。正本は食事にも飲みにも連れて行ってくれて、しかも毎回おごってくれる。そういえば、他の正社員は自分のことを「ハケンさん」と呼ぶことがあるのに、正本は自分だけでなく、一人ひとりの派遣社員をすべて名前で呼んでいる。

「正本さんは、なぜ、僕と仲良くしてくださるんですか？　なんとなく、派遣社員の気持ちをよく分かってくださっているような……」

正本は苦笑いを浮かべて答えた。

「俺の息子も今は、派遣で働いているもんでね……」

そうだったのか、と剣崎は思った。

「正本さんは、息子さんから仕事の悩みとかの相談を受けるんですか?」

「親子では、弱みを見せたくない、愚痴をこぼしたくない、というのがあるんとちゃうかな」

正本はそう言ってから、思い出したようにポンと手を打った。

「そういえば、息子が悩んでいるときに、知り合いのつてで労働NPOを紹介したことがあるなぁ。愚痴を聞いてもらうだけでも、気が紛《まぎ》れるのか、スッキリするみたいやな。人間は誰かに話を聞いてもらいたい生き物なんとちゃうかなぁ」

「僕の相談も聞いてもらえますかね」

「聞いてもらえると思うで。紹介しようか?」

工場の作業音は金属的だが、ここでは様々な会話がごちゃまぜになっている。人の会話が何とも言えない気持ちの良いBGMを奏でているのだ。

2　労働NPO

剣崎は、正本から紹介された「労働相談」ができる労働NPOに、電話相談をしてみることにした。

「すみません。働き方NPOさんでしょうか。派遣労働者ですけれども。正本さんという方から紹介していただきました」

「どういったお困りごとでしょうか」

「派遣先でパワハラっぽいことを言われたりします。あと、派遣労働者は食堂を使いにくかったりします。こういうのは法律的におかしくないんでしょうか？」

剣崎は、少し早口になってしまっている自分に気づいた。それに対し、電話対応してくれたNPOの職員は、ゆっくりとしたしゃべり方で質問を返してきてくれた。

「いろいろおかしいと思います。ただ、慎重を期さないといけないので、パワハラの内容をまとめておいてください。食堂はどんな風に使いにくいんでしょうか」

親身になって相談に乗ってくれた上、資料をまとめて持参すれば、今後の対応も含めてより具体的なアドバイスをしてもらえるという。剣崎は、この労働NPOの相談員さんに面談相談のうえアドバイスをもらうことにした。

労働NPOはビルの7階にあった。エレベーターから降りて、〈働き方NPO〉という表札が貼ってあるドアを開けると、2人の男女が出迎えてくれた。受け取った名刺からは、背広を着た男性が北斗恒星《ほくとこうせい》、清楚な洋服を着た女性が福岡恵子《ふくおかけいこ》という名前のようだ。

「電話で予約した剣崎といいます。お時間をいただいてすいません」

剣崎は2人に挨拶をして、相談コーナーのテーブルに鞄から出した資料をおいた。

「よかよか。ゆっくり相談していってくれんね」

（博多弁⁉　福岡恵子さんは、名字の通り福岡出身なのかな？）

剣崎は、恵子の飾らないあけすけな方言に、少し緊張がほぐれた気がした。

相談コーナーのテーブルには、すでに六法全書と労働白書が広げられている。恵子が〝予習〟をしてくれていたことが剣崎にも伝わった。恵子はノートパソコンも広げており、電話相談の際にまとめられた内容を確認している。

【職　　種】製造業会社（派遣先）、派遣会社（派遣元）
【企業規模】大会社
【性　　別】男性
【年　　齢】30歳代

【雇用形態】派遣社員
【勤　続】2年（派遣先）、9年（派遣元）
【地　域】兵庫
【相談方法】電話相談→面談相談を希望
【問題分類】①パワハラ、②差別的待遇

難しい顔をしている恵子に、「始めましょうか」と北斗が声をかける。恵子はＯＫのサインを出した。

「剣崎さん、はじめまして。よろしくお願い申し上げます。順番に要点を整理していきたいので、答えてくださいね」

北斗がヒアリングを始める。

――まずは、【問題分類①パワハラ】について。上司からのパワハラって、どんな感じでしょうか？

「上司からいろいろときつい言い方をされます。メモにまとめてきました」

――主に仕事に関してきつい言い方をされたということでしょうか？

「はい。主に仕事に関してですが、時に仕事に関係なく人格を否定するような発言もされたりします」

北斗は、うんうんとうなずきながら聞いていたが、「いったんまとめてみます」と言い、法的な整理をし始めた。

「パワハラ防止法といわれる法律がありますし、厚労省のワーキンググループによってパワハラは類型化されています。ただ、どの行為のどのレベルの行為がパワハラだとは具体的に規定されてはいません。要するに、グレーゾーンがかなり大きいわけです。わかりやすい部分でいうと、人格否定はパワハラになります。いじめも明らかな人権侵害にあたれば、完全なパワハラとして違法行為になるわけです」

剣崎は黙って聞いている。北斗は剣崎の顔を見ながら、さらにつづけた。

「ただ、上司からいろいろと言われた点についてだけど、上司との諍《いさか》いは微妙で難しい問題があります。仕事に関してミスをした時に、上司が語気を荒げて叱責してしまうことは、どこの会社にもあります。ちゃんとやれよと。それをパワハラだと言いはじめたらキリがないので、ある程度は仕方がない部分もあるわけです」

剣崎が寂しそうな表情をしたのを恵子は見逃さなかった。

「そげん言い方ばしたらいかんよー、パワハラっぽかね。傷つくばい。パワハラが日常化しとー職場は、ほんなこつ多か。まったく困ったもんや」

恵子は剣崎の目を見ながら続ける。

「個人の人格攻撃までしてくるんやろ。上司の立場ばよかことに、部下の人格否定までする。これでは、気持ちよう働ける環境などありえるはずがなか！」

恵子は自分のことのように怒って言った。剣崎は少し柔和な顔つきになって、北斗からのアドバイスを自分なりに口に出して整理してみた。

「そうすると、人格否定の部分はアウトだけれど、仕事の内容に関連してのやりとりで言われた部分は微妙ということですね。仕事のやり取りは、パワハラだとはみなされない可能性が高いということですね」

「その通りです。損害賠償請求が成り立つようなパワハラに当たるかといえば難しいと考えますが、なるべく気持ちよく働ける環境をつくるために交渉などをしていく必要はあると考えます。剣崎さんのご要望は、派遣元を通じて是正の要請をしてほしいということでしょうか」

剣崎は北斗の方をまっすぐ向いて答えた。

「お願いします」

――わかりました。では、【問題分類②差別的待遇】についてですが、具体的には?

「正社員は名前で呼ぶのに、派遣社員に対してだけ〝ハケンさん〟と呼ぶ人がいます。あと、食堂で割引価格が適用されないので居心地が悪いです」

なるほど、と北斗はうなずきながら答える。

「呼称の問題であったり食堂自体が利用できることからは、違法とは言いにくいけれど……、お気持ちはわかります」

恵子は、労働白書と六法全書を広げて読み比べている。

（派遣法の均等均衡待遇の規定は、派遣労働者の待遇改善に寄与しとーっちゃろうか）

派遣社員として就労している日本全国の20～69歳の男女を対象にした派遣労働者実態調査などの各種調査によると、派遣社員の【賃金形態】は「時給制」が8割以上。【雇用契約期間】は、「30日超6か月以内」がおよそ5割。つまり、派遣社員の2人に1人が「6か月以内」の雇用期間であり、いつ雇い止めにあうかわからない不安定な状態にある。そして、派遣社員のうち6割が、「正社員として働きたい」と望んでいる。

恵子は六法全書を指さしながら、首を傾げる仕草をした。

「派遣法には均等均衡待遇の規定があるし、パート・有期雇用労働法には、不合理待遇禁止の規定がある。その趣旨から、何とか交渉材料にならんかね」

【パート・有期雇用労働法・第8条】（不合理な待遇の禁止）

事業主は、その雇用する短時間・有期雇用労働者の基本給、賞与その他の待遇のそれぞれについて、当該待遇に対応する通常の労働者の待遇との間において、当該短時間・有期雇用労働者及び通常の労働者の業務の内容及び当該業務に伴う責任の程度（以下「職務の内容」という。）、当該職務の内容及び配置の変更の範囲その他の事情のうち、当該待遇の性質及び当該待遇を行う目的に照らして適切と認められるものを考慮して、不合理と認められる相違を設けてはならない。

「ちなみに、次のごと言いよー通達もある」

通勤手当、食堂の利用、安全管理などについて労働条件を相違させることは、職務の内容、当該職務の内容及び配置の変更の範囲その他の事情を考慮して特段の事情がない限り合理的とは認められないと解されるものである。

「食堂利用などの点についても、気持ちよく働けるように是正の要請をしてみましょうか」

「はい。よろしくお願いします」

北斗は大きく一回うなずき、恵子はうんうんと何度もうなずいた。

3　あっせん

剣崎の要望は、派遣元を通じた是正の要請である。

トラブルを解決するための取り扱うべき方法について、北斗はＮＰＯ事務所にあるホワイトボードに書きながら説明した。

個別労使紛争の解決のための方法
【1】〈内容証明郵便〉などを送付する方法
【2】〈団体交渉〉をする方法
【3】〈あっせん〉〈労働審判〉〈裁判〉などによる方法

「【2】は労働組合への加入が前提となります。【3】の法的手続きに関しては、特定社労士や弁護士との委任契約が別途必要になる場合があります」

剣崎は、あまり会社と揉めたくないとも思っていた。

「上長との関係や出張の件以外については、わりと普通に働けています。正本さんのように、派遣先の正社員の方で仲良くしてもらっている方もいます。人間関係がぎくしゃくしてしまったりしないか不安です」

「そうだとすれば、様々な事情を考慮して、要請するとしても上手な要請の仕方を考えていきましょう」

「はい。裁判とか時間とお金がかかる方法は考えにくいです」

「ご安心ください。きちんと話し合えるなら、会社の中の経営者と労働者の紛争には、よほどのことがない限り裁判は不要だと思います。ただ、問題解決のために、きちんと話し合えることが前提です。そのために、専門家が間に入ってもらえる制度である〈あっせん〉が使えると思います」

剣崎と北斗の会話に恵子が割って入った。

「うちもあっせんがお勧めやね。あっせんは裁判外紛争解決手続きに位置付けられる、特定社会保険労務士が得意とする方法たい。なるたけ穏健な解決ば目指そうとする場合、ＡＤＲ（裁判外での解決）が労働紛争解決にもっともすぐれた方法だと思う」

「あっせんを利用したことがないのですが、どこまで有効なのでしょうか」

「話し合いによる円満な解決を目指す点で、あっせん制度はとても良いと思います。確かにあっせんは強制力を持つものではありませんし、実際に流れる案件もあります。ただ、その後問題がこじれた場合に〈あっせん〉↓〈労働審判〉↓〈裁判〉になるにつれて条件が厳しくなっての決着になり、費用も時間もかかることがほとんどです。ですから、あっせんの段階で解決できるなら済ませておいた方がいいとの判断を企業側に促すのも肝要です」

「万一、相手方が心ば閉ざしてしもうて、あっせんを拒否したり、まともな解決が図れんかった場合、改めて別の方法を考えりゃよかだけや。労働組合を通じての話し合いである団体交渉や労働審判、裁判などを検討するのは、あっせんでの解決を試みた後でええっち考えるばってん、いかがやろうか」

剣崎はうなずいた。

あっせんが始まった。場所は労働委員会のあっせん会場である。あっせんは公益委員、労働者委員、使用者委員の三者で行われる。労働者側、使用者側は別々の控え室に入室し、交互にあっせん委員と話をする。労働者側・使用者側のお互いが顔を合わせない形で行われるのがあっせんのスタイルだ。これには当事者同士が感情的になったり、精神的にしんどくなったりするのを防ぐことができるメリットがある。

申請者である労働者側の控え室の席には、剣崎と北斗、恵子が座った。剣崎の側はあっせん委員を通じて、派遣元の責任者に、今後の働き方の是正、パワハラや差別をしないような要請を強く求めた。

あっせん委員は、「派遣元会社を説得してみます」と言って隣の部屋へと移動していった。しばらくして、あっせん委員が戻ってきた。なんと、剣崎側の要請をすべて受け入れて真摯に対応することを約束するという。派遣元会社が要求を受け入れたことにより、その日のうちに和解合意書が作成された。

次のあっせん案を提示しますので、これにより円満に解決してください。

「会社は差別あるいはパワハラと受け取られることを行わないように派遣先に要請を行うこと。」

労使双方があっせん案に同意し、紛争は終結した。

剣崎は明るい笑顔でお礼を言った。

「ありがとうございました。あっせんって、1日であんなに早く解決できるんですね」

「派遣元会社が良心的で解決しようという意思が見られたので、早期解決につながったのだと思いますよ」

「ところで、労働相談って多いんですか?」

「昔と比べれば労働相談件数は増えてきています。近年多い相談内容は、いじめ、いやがらせといったパワハラ系ですね。労働者の権利意識は向上しているけれど、労働法制は複雑化していることも関係していると思います」

「それじゃあ今後、ますます北斗さんたちの役割は重要になってくるじゃないですか。ちなみに、僕のような派遣社員からの相談も多いんですか?」

北斗は穏やかに答えた。昔は、派遣は無茶苦茶だったと……。

派遣法では、学生や主たる生計者ではない主婦は日雇い派遣を禁止していたのに、相談を受けていると、40歳の「大学生」や20歳の女性を「主婦」として登録させ、日雇い派遣で働かせる脱法行為が常態化していたことがわかった。そして、今でも派遣社員からの相談は多いことも付け加えた。派遣社員は〈三角雇用〉で、派遣元に雇用され、派遣先の指揮命令を受ける特殊形態であるため、トラブルが多い雇用形態であるといえるのだと。

「……そうなんですね」

少し考え込むような表情を浮かべた剣崎に対して、恵子が優しく語りかける。

「落ち込むことはなかばい。あんたの存在はみんなの希望ばい。なしてなら、いろんな人が声ば上げたおかげで、少しずつ改善されている部分が間違いなくあるけんね」

恵子は、朗らかに笑った。

4　新たな違法・脱法の手口と労働NPOの役割

後日、剣崎は友人を連れてNPO事務所を訪問した。

「昔、僕と同じ派遣元会社のアゲ社で働いていて、今は別の会社に所属している友人です。僕は製造業派遣でしたが、彼はエンジニアです」

剣崎の紹介を受けて、彼は挨拶をした。

「浮尾《うけお》といいます。労働NPOに入会するためと、情報提供のために資料をもって訪問させていただきました」

恵子が嬉しそうに対応をして、入会手続きが完了した後、浮尾は話し始めた。

「私は騙されて今の会社で働いています。私は剣崎さんと同じ派遣元会社にいたのですが、業界トップクラスの高還元率を謳《うた》うグロ社という今のSESの会社に転職をしました。ところが、グロ社の方が高い還元率であるにもかかわらず、給料が大幅に下がったんです」

北斗は顔色を変えた。

「えっ。従業員への還元率が高い会社に転職したのに、給料が下がったんですか。SES業界と契約内容について、詳しく教えていただけませんか」

「はい。SES（System Engineering Service）とは、システム開発や運用をお客様との契約によって行うことを指します。SES契約は準委任契約です。私はよくわからずにSES業界に入ってしまったので反省していますが、調べれば調べるほどこの業界は闇が深いです。例えば、SESはIT分野によく見られる多重請負構造が多く、商流が深いなど、中間企業に搾取され、自身の給与により反映されづらい環境となっています」

「なるほど、派遣であると二重派遣は違法ですが、請負であると下請けは自由ですからね」

黙って聞いていた恵子が質問を挟んだ。

「浮尾さんな、派遣会社から、今のSES会社に転職・転籍した際には、どげん説明ば受けたん？」

「派遣会社の時と同じ働き方ができて還元率が良い、という説明を受けました」

「そん説明はおかししか。派遣での雇用型の働き方と準委任・請負型の働き方とで同じ働き方ができるわけがなか……。送られる企業内の指定された場所で働く点では派遣と同じとしたっちゃ、準委任契約と派遣契約とでは厳密な違いがある。北斗さん、説明しちゃってくれん」

恵子からの依頼を受けて、北斗は説明を始めた。

「前提として、供給契約に基づいて労働者を他人の指揮命令を受けて労働させることを労働者供

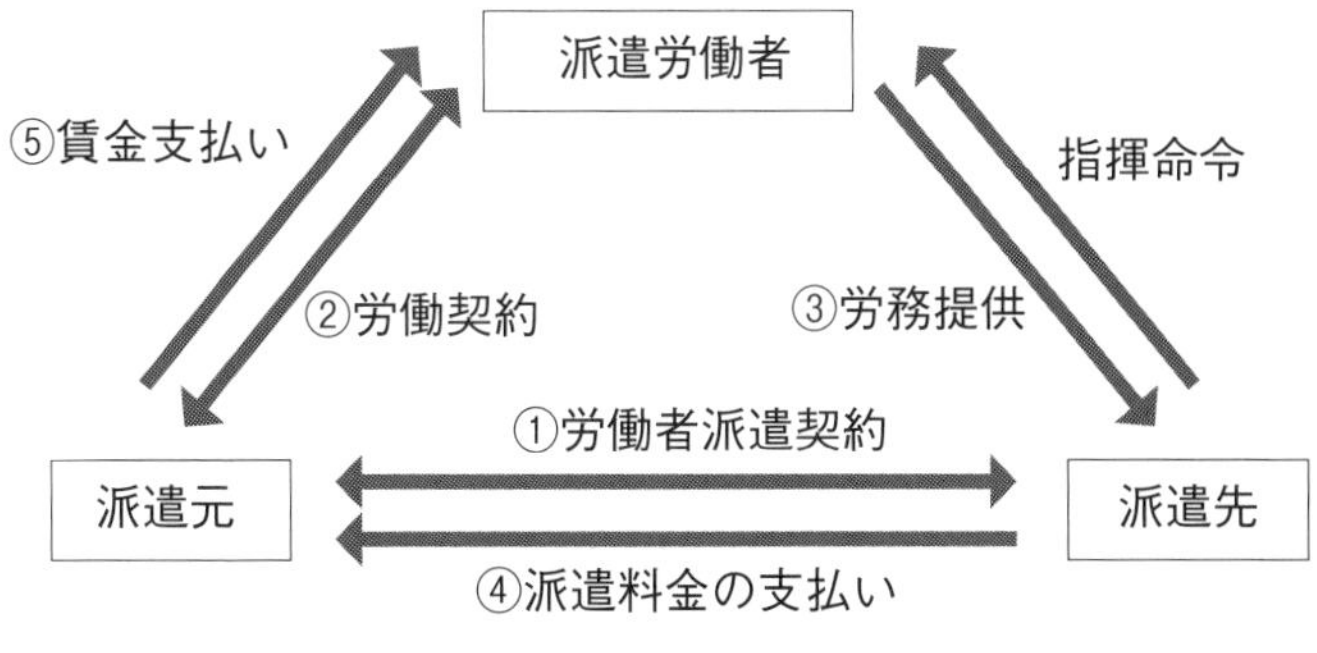

労働者派遣制度の仕組み

給といいますが、賃金の中間搾取（ピンハネ）を防止するために、原則禁止です。派遣法は、間接雇用と労働者供給の２つの非合法的側面を、一定条件の下に許可制の下で例外的に認めるものです。だからこそ、社会的批判もあり、規制がされ整備されてきました。派遣では派遣先の指揮命令を受けることが許されます」

浮尾が疑問を呈した。

「私の場合、実際には作業先から指揮命令を受けています。これは脱法ではないのですか？」

北斗はうなずいた。

「ＳＥＳの場合、請負会社から指揮命令があるか、あるいは自分ですべてできる体制・能力があることが合法となる条件となります。もし、派遣でなく準委任なのに、作業場で先方から指揮命令を受けていれば、それは偽装請負（形式的には業務処理請負ですが、実態は労働者派遣であるもの）になります」

恵子が質問を加える。

「同じ働き方で還元率が良いちゅう説明ば受けたとのこと

やったが、還元率は良かったんか？」

「それが……、SES企業が〝還元率〟と称し掲げている内訳は、各社まちまちなんです。しかも、派遣業界では〝還元率〟に入らない内容まで含まれてしまうので、数字だけを見比べた人はコロリと騙されてしまうというわけです。私の場合、元の派遣会社では、年収408万円［実際の還元率：68％］でした。グロ社に移ったのは、およそ還元率75％との求人記載を見てのことです。ところが、実際は年収300万円［実際の還元率：約50％］でした」

「具体的に、どのようなカラクリがあったのですか？」

「およそ75％と謳っていたその〝還元率〟には、『会社負担分の社会保険料』や『交通費』などの諸経費が含まれていたのです。さらに、給与の約20％を賞与原資のプール金にするので、実質の月単位の還元率は40％ぐらいです。ボーナスの原資も〝還元率〟に含まれていましたが、年1回のボーナス月（賞与支給日）より前に退職するとプール金の返金はなくて、賞与の支給基準や計算方法も不明でした。『求人票に記載された計算と違う』と意見しても聞いてくれませんでした」

北斗は、わかった、というようにうなずいた。

「労働者から労務の提供を受けた派遣先は、派遣元に対し派遣料（マージン）を支払いますが、今では、マージン率は派遣元において公開されるべき情報とされました。つまり、派遣業界におけるマージン率の定義は厚労省によって確立していて、〝還元率〟は給与支払率をいいます。これに対して、SES業界では明確な定義がないため、〝還元率〟に会社負担分の社会保険や交通費など諸々を含んだ数字が挙げられてしまっている。同じ言葉を全く違う内容で使われてしまうカラクリですね」

浮尾が頭を下げた。

「私は、還元率に何が含まれているか、言葉の裏に隠されたカラクリを見抜けませんでした。高還元率と謳いながら〝還元〟の言葉の意味をすり替えて、実際には中間搾取しまくっています。私のような技術畑で育った人間や、情報弱者の方が被害を受けています。これ以上被害者が増えないように、情報提供をさせていただきたかったのです」

「業界全部がブラックというわけではないでしょうが、法整備がなされていない。いわば、初期の派遣のような状態にある。世の中のために、NPOとしても一石を投じたいですね」

浮尾は満足そうな笑みを浮かべて、北斗と握手をした後、剣崎と一緒に帰っていった。

「正本さんから剣崎さんが紹介されて、剣崎さんの紹介で、浮尾さんともつながることができたわけやなあ」

「それは嬉しいことだよね。ただ、法改正などによって派遣業界の環境整備が進められる一方で、法の適用を逃れたブラックな企業が還元率を高く装ってピンハネをする構造が広がりつつある。イタチごっこは残念です」

少し考え込むような表情を浮かべた北斗に対して、恵子が強い目をして言った。

「落ち込むことはなかばい。ＮＰＯの存在はみんなの希望ばい。ブラック企業が跋扈すると、同じ土俵で競争せなならんようになって、ホワイト企業がグレーになり、グレー企業がブラック化していく。健全な企業努力ばしとー会社が報われんことになってしまう。健全な企業ば守るためにも、うちらが頑張らならんね」

恵子は、いつものように朗らかに笑った。

第2章　非正規社員に対する雇止め

1　5か月での雇止め

矢作《やはぎ》は途方に暮れていた。やっとありつけた、コールセンター会社でのテレホンオペレーターの仕事である。それなのに5か月で切られることになった。先日、更新をしないと口頭で言われたのだ。雇止めである。

（電話スタッフとして、まじめに働いてきたつもりなのにな……）

矢作は悔しさを噛み締めた。もう30代だ。生活もある。5か月だと失業保険も受給できない。うつむきながら家路をたどった。気が付くとすでに自宅マンションの前にいた。

「法律的にはどうなのだろう……」

矢作は部屋に入ってパソコンを開き、インターネットで「労働相談」が無料でできるという労働NPOを見つけた。電話をした。

「こちら、労働NPOです」

「実は……」

相談すると、資料を持っていけば会って話を聞いてくれるという。明日は仕事が休みだ。今の思いをぶちまけよう。労働NPOの相談員さんに悩みを聞いてもらおう。矢作は思いを巡らせていた。

エレベーターから降りてNPOの表札が貼ってあるドアを開けると、背広を着た男性が名刺を差し出し、丁寧に挨拶をしてくれた。相談員は北斗恒星という名前で、社会保険労務士の資格も持っているらしい。事務所にはもう一人、清楚な洋服を着た女性がいた。

「福岡恵子といいます。普段は法律事務所で働いています。今日は北斗ちゃんにゆっくり相談していってくれんね」

「電話で予約した矢作といいます」

（あまり、根掘り葉掘りは聞かれたくないな……）

矢作は、自分にあまり自信がなかった。テレホンオペレーターの仕事柄か、相談員の質問内容が機械的であればあるほど良いとさえ思えた。

【職　種】コールセンター会社

【企業規模】中会社

【性　別】男性

【年　　齢】30歳代
【雇用形態】非正規社員
【勤　　続】5か月
【地　　域】大阪
【相談方法】電話相談→面談相談を希望
【問題分類】雇止め

北斗は、電話相談の際の聞き取りの内容が映し出された画面と矢作の顔とを交互に眺めた。矢作の思いを表情から読み取ってか、淡々と落ち着いた声で聞き取りの質問をしていった。

——雇止めされたとお伺いしておりますが、どんな事案でしょうか？

「今働いている会社で『5か月めで雇止め、契約更新はしない』と言われて、相談に来ました」

——採用の時はどんな話をされましたか？

「『長く働いてほしい』と言われて採用されました」

——電話でお願いをしていた書類を順番に見せてもらえますか？

矢作はまず、履歴書を手渡した。

【矢作さんの履歴書】

九州の公立大学卒業
A社　正社員（システムエンジニア）　雇用期間4年6か月
　深夜残業の連発による体調不良により退職。1年休職。
B社　契約社員（テレホンオペレーター）　雇用期間1年6か月
C社　契約社員（テレホンオペレーター）　雇用期間4年
D社　契約社員（テレホンオペレーター）　雇用期間1年6か月
E社　契約社員（テレホンオペレーター）

「そうすると、矢作さんは新卒で入った会社で正社員として働いた後は、アルバイトを除けば、契約社員として非正規で働いてこられたわけですね」

北斗は書類と矢作の顔を交互に見ながら、確認のためにヒアリングをしていく。矢作はさらに、3枚の〈労働契約書〉と1枚の〈就業条件明示書〉を手渡した。北斗は首を傾げた。

「同じ会社で働くのに、〈労働契約書〉が3枚もあるのはなぜ？」

「1か月契約の後、契約更新で3か月契約を結んで、次の更新時に1か月契約を結んだんです」

「それは矢作さんの希望で？」

「いえ。会社が出してきた契約書に僕はサインするしかありませんから」

「そうすると、契約当初は『長く働いてほしい』と言われていたけれど、実際にはコマ切れの短期の雇用契約を3回にわたり締結して、5か月めで雇止め、契約更新はしないと言われたわけですね」

矢作はうなずいて、最後に〈給与明細〉を手渡した。

「時給1100円ですか。これまで、ずっと時給1000円前後で働いてこられたんですね。ちなみに残業はありましたか？ 残業代は支払ってもらえていましたか？」

矢作は、ここだけは少し笑顔で答えた。

「残業はそもそもありませんでした。非正規の契約社員だけど、時間だけはきっちりしているので」

「うちも質問ばしてよかね。プライベートなこつ尋ねて申し訳なかっちゃけど……」

恵子が、クッション言葉を挟みながら生活のことについて尋ねた。

「こん仕事じゃ、たいした稼ぎにはならんよね？ 生きていくとに最低限度の賃金しか得とらん気がする……」

矢作は頭を掻きながら言った。

「そうなんです……。だから、失業すると生活そのものが成り立たなくなってしまうんです」

「家賃は払えると？ 社宅はあると？」

「いえ。給料が安いので貯金が出来なくて。社宅もないし、住むところもピンチです」

矢作は、新卒入社をした会社で深夜残業の連発により体を壊したことについて話した。だから、給料が少なくてもダブルワークをすることには不安があるのだと。

「ホームレスの人を見るたびに思うんですよね。いつか、どこからも雇ってもらえなくなって、自分もあんな風になってしまうんじゃないかって。将来が不安で眠れない夜なんて、しょっちゅうです」

恵子は目を潤ませながら聞いており、北斗は一つ小さな咳ばらいをした。矢作は、遠いところを見る目をしながら呟いた。

「いつか僕はホームレスになってしまう……そういう恐怖にいつも怯えています」

しばらくの沈黙の後、北斗は法律的なアドバイスをはじめた。

「冷たい言い方に聞こえるかもしれないけれど、法律的にはかなり厳しい。なぜなら、契約期間を満了して更新をしないと言われているだけだから」

恵子は2人の会話を聞きながらノートパソコンで議事録を取っていた。が、落胆をした表情を浮かべる矢作を見て、再び言葉を挟んだ。

「厳しかばってん、今より少しでも良か条件ば勝ち取る方法が存在しないわけやなか。泣き寝入りばするか、可能性に賭けるかは、矢作さんの選択次第ばい。北斗さん、今後どうすりゃよかか、取るべき方法ば説明しちゃってくれん?」

北斗は恵子の要請を受けて、今後の選択肢として取りうる方法のいくつかを説明した。自分は代理人ではないので、今のままでは会社に直接交渉することはできないこと。話し合いをするためにはいくつかの方法があるということ。あっせんという方法で話し合いも可能であるが、その場合には直接の話し合いではなく、委員を通じての話し合いになること。しかも、法律的には厳しいので、満足な結果を得られない可能性が高いこと。

それから北斗は続けた。

「今回の事案で道が切り開ける可能性があるとしたら、ユニオンを通じての交渉。それがベストではないかと考えます。実は、私はコミュニティ・ユニオンの書記長もやっていて、あなたがユニオンに加入して一緒に交渉するというのなら、お手伝いをすることができます。労働組合法が根拠となっているので、会社は交渉を拒むことができないのです。この方法だと、直接交渉できるというメリットがあります。しかも、私以外にも労働組合の専門家が一緒に話し合いに来てくれて、会社に対して違法行為を指摘してくれたり、交渉をしたりしてくれます。ものすごく心強い存在です。ユニオンに加入されませんか？」

矢作は、メリットがあるのなら加入する意思を伝えた後、素朴な疑問をぶつけてみた。

「労働組合っていうのは企業ごとにあって、正社員しか入れないのでは？」

北斗は笑顔で答えた。

「コミュニティ・ユニオンは個人で相談できるし、一人でも入れる労働組合です。助け合いの精神でやっている組織です。一人で話し合いをすることに尻込みする人にとって、心強い団体ですよ」

「ちょっと考えてみますが、たぶん加入させていただくと思います」

「わかりました。それでは、次回は一緒にユニオンの事務所に行きましょう。概要は伺いましたから、それまでに団体交渉申入書を作成しておきます。次回、内容に間違いがないかを最終確認してもらって、必要であれば修正してから申入書を会社へＦＡＸと郵送をダブルでする手続きの流れにしましょう」

そう言ってから北斗は恵子に尋ねた。

「ここにもユニオンの機関紙ニュースが置いてあったよね？」

「あるばい。これ。また読んでおきんしゃい、お願いね」

恵子から渡された機関紙ニュースをカバンに丁寧にしまい込んでから、矢作は改めて頭を下げた。

「よろしくお願いします」

「よかばい。こちらこそよろしゅうね」

恵子は笑顔で矢作の手を握った。

矢作がＮＰＯ事務所を後にしてから、恵子は北斗に話しかけた。

「なして5か月で雇止めになってしもうたんやろう。人間関係のトラブルとか、何か事情があったとやろうかぁ」

「会社側からも話を聞いてみないとわからない。当事者はなかなか自分に都合の悪いことは言い出しにくいからね。ただ、矢作さんの例は特殊なものではないよ。採用のときには『長く働いてほしい』と言われて採用されたのに、数か月後には雇止めをされることは当然のように行われている……」

北斗は、多くの非正規労働者が、低賃金でいわば半就労半失業ともいえる状態での不安定雇用での働かされ方を余儀なくされている現実に思いを馳《は》せた。恵子はなおも話しかけた。

「ねえ北斗ちゃん、前もこげん相談あったよねー。やっぱりあれかなぁ、雇用期間6か月の継続雇用ばすると有給休暇が発生するけん、有給の取得ば会社側が嫌うて意図的に5か月で雇止めばしとーとかな」

「うーん、前はそんな感じだったけど、矢作さんの働いている会社は大きな会社なんだよな。そんなことするかな？」

「わからんっちゃ。場合によっては、交渉で直接聞いてみましょ。交渉、うまくいったら、お祝いにみんなで焼き肉ば食べに行きましょう」

恵子はそう言って、朗らかに笑った。

2　ユニオン加入と突然の告白

矢作はコミュニティ・ユニオンについて調べてみた。カンパニー・ユニオンと呼ばれる一般的な企業内組合と異なり、コミュニティ・ユニオンは地域労組や合同労組とも呼ばれている。コミュニティ・ユニオンは、一人でも、非正規でも加入できるなど、伝統的な企業別の組合にはない特性を備えている。会社のやり方に納得できないという気持ちがあれば、誰でも労働相談を申し込むことができる。多くの場合、相談も無料だ。仕事に関する無料相談では、自分の置かれた状況がどんなものなのか、会社の問題点は何なのかということを丁寧に説明してくれたりする。

労働相談ができるという点ではＮＰＯと同じだが、団体交渉というものを行えることが憲法上保障されており、交渉力が高いようである。状況に応じた適切なアドバイスしてくれて、解決に向かってサポートをしてくれるらしい。

（とりあえず、藁《わら》にでもすがる思いで……）

矢作は資料を鞄に詰め込んだ。


矢作は、北斗や恵子と待ち合わせ、一緒にユニオンの事務所に行くことになった。ユニオン事務所は雑居ビルの２階にあった。ＮＰＯ事務所がきれいなビルの７階にあったのとは大違いだ。

ユニオン事務所では、柔らかい雰囲気の青年が出迎えをしてくれた。

「やあ、ようこそ。自己紹介させてください。姓は野呂《のろ》、名は思惟《しい》。みんなはボクのことをノロシーと呼びます」

ノロシーはこのユニオンで委員長をしているという。

「うちのユニオン、頼りになる存在だぜ。会社でおかしなことがあったとき、一人で会社と交渉しても、まともに相手にしてもらえないこともある。そんな時、相談に乗ってくれたり、交渉してくれたりするんだ」

ノロシーは自らお茶を出しながら続けた。

「ボクは交渉とかには出ないけれど、この人たちは優秀なのでいろいろ相談してあげてくださいね」

ノロシーはそう言って、相談者の矢作と北斗・恵子の相談員コンビに相談スペースを譲った。恵子はユニオンの冊子を手渡して、コミュニティ・ユニオンがどういうものなのかを一通り説明し始めた。

「ユニオンに加入すると団体交渉が行えるごとなる。団体交渉とは、組合と会社が〝対等〟の立場で交渉することばい。労働組合に加入して団体交渉ば申し込んだ場合、会社はこの交渉ば拒否できん。しかも、しかるべき会社の責任者が、誠実に交渉しなければならん義務ば負う。団体交渉は、とことん交渉し相手に違法行為の責任ば取らせるには格好の方法ばい。矢作さんの場合には、法律的にはばり厳しかっちゃけど、少なくとも交渉しながら、解決の糸口ば見つけていくべきやて考える。可能性に賭けてみるべきやて思うばってん、どうされると?」

「可能性に賭けたいと思います。ユニオンのことはある程度調べてきましたから、わかっているつもりです。お世話になります」

矢作はペコリと頭を下げた。

「お茶のお替りはいかがかな?」

そう言ってノロシーが再び登場した。

「ユニオンに加入してくれてありがとう。いろいろ相談してあげてね。その前にボクからは、コミュニティ・ユニオンの心得を伝授させていただきます。ボクらは、助けてもらったら助けてあげる、そういう助け合いの精神でやっているんだ。みんなひどい目にあって、ここに助けを求めてきて……ボクもその一人だった。うちのユニオン、会社にひどいことをされた人を組合全員で守るという、ちょっと良心的でかっこいい団体だぜ。だから、安心して相談してあげてね。ハイ、免許皆伝！」

ノロシーはお茶のお替りを置いて、再び相談コーナーから離れていった。

「さてと、ユニオンの加入用紙にサインしてもらっちゃおうかな」

北斗が合図するのに応じて、恵子は小さくうなずくや否や組合加入申込用紙と組合規約を矢作の前に置いた。

「この申込用紙に記入してください。あと、お金の話で悪かっちゃけど、加入費と組合費、今日、納めてもらえるかな」

矢作は申込用紙を記入すると、お金を財布から取り出して恵子に渡した。恵子が書類を受け取ったのを確認した後、北斗は六法全書を取り出して矢作に話しかけた。

「よし。これで加入済みですね。ありがとう。まずは矢作さんご自身の問題解決に全力を傾けましょう。自分の問題が解決したら脱退する人も実際のところは多い。でも、ノロシーの言っていた通り、自分のトラブルが解決したからお世話になりましたってすぐ脱退するのではなく、できればもう少しだけお付き合いをいただきたい。それが私たちのホンネなんです。できればで構わない。これからコミュニティ・ユニオンに加入してくる人たち、未来の相談者、あるいは、今まさに困っている当事者を助けてあげてほしい。オールフォーワン・ワンフォーオールの精神で！」

相談コーナーでは問題点の整理が始まった。

「まず、前回もお伝えした通り、法律的にはかなり厳しいです。私は会社側でも仕事をしてきましたので、会社側のスタンスもある程度想像ができます。会社側は、『契約期間満了で更新をしなかっただけだ』と言ってくるでしょう。そうすると、契約通りだから文句は言えないということにもなりかねません」

矢作は黙って聞いている。北斗は質問をした。

「矢作さんは失業保険の支給要件については理解しておられますか？」

矢作は、あまり詳しくないというように首を振った。北斗は説明を続けた。

「退職には2つのパターンがあります。社員が自分の都合で辞める自己都合退職と、会社の都合で辞めさせられる会社都合退職です。今回のケースは、法律的には特定受給資格者というのですが、会社都合退職にあたります。会社都合で辞めれば、すぐに失業給付をもらえるなど保障が手厚いのですが、6か月以上継続雇用されていることが支給要件とされています。つまり、雇用保険には加入しているんだけれど、失業保険が受給できない」

恵子が北斗の説明を要約した。

「在籍期間が5か月やけん、失業保険が受給できんってわけね。ここば何とかできんの？」

北斗は手を動かしながら説明を続けた。

「6か月以上働いて会社都合退職をした場合には、7日間の待機期間の後、すぐに雇用保険から失業給付金が支給されます。支給額は月収25万円の人の場合、およそ17万円程度。これを3か月分とすると、50万円にもなります。ところがこれが出ないとなると、兵糧攻め状態に陥ってしまうわけです。条件が悪くても、とにかく食いつながなければならないので、妥協して次の就職を早期にせざるをえないことにもなります。急いで職を探すとロクなことにならない。これは次の仕事や労働条件にも関わってくることなので、想像以上に問題です」

恵子が、パソコンで議事録を取る手を止めて口を挟む。

「問題なのはわかったばってん、どうするとね」

「うーむ……」

北斗は思わず天井を見上げた。恵子は、北斗のひじをつんつんしながら、なおも話しかけた。

「ねえ、北斗ちゃん。実は何も考えとらんやろ。日を変えて、勉強会ば開きましょう」

次に話す対象を変えて矢作に向き合った。

「まあ、そりゃ後日に学習会を開こう。それまでこちらで考えとくね。矢作さん、連絡先ば渡しとくけん、心配なことがあったらいつでも電話しんしゃい」

矢作はお礼を言って事務所を後にした。

その日の深夜、北斗の携帯に恵子から電話がかかってきた。

「どうしたの、突然こんな夜中に。まあ電話なんていつでも突然なんだけど」

「北斗さん、聞いてくれんね。うち、相談者の矢作さんにいきなり告白されてしもうたんばい。『好きになりました。僕と付き合ってください』って」

「恵子さんは魅力的だから一目惚れされたのかな、昔からよくあることのような……。恵子さんが付き合うかどうか決めればいいんじゃないの？」

「魅力的も何も、2回しか会うとらんばい」

「どういう風に告白されたのか、いきさつを知りたいんだけど」

「電話で矢作さんから相談されたんばい。『自分は非正規労働者でいつも他人から見下されているので死にたくなります』て。やけん励ますために『そげんことなかばい。頑張って働いてきたんやけん魅力があるて思うばい』て言うちゃったんばい。そげえしたらいきなり『付き合ってください』て言われたんばい。どうしてしまおう」

「たぶん今まで矢作さんは、非正規ということでコンプレックスを感じていたのかもしれない。生きづらさを抱えてきたのだと思う。だからその反動で、コンプレックスを感じなくていいよって言ってくれた恵子さんに好意を持ったんじゃないの？」

「ばってん、いきなり告白されるとは違和感しか覚えんばい、ほとんど初対面で好きとか付き合うてとか言われると……。困ったことがあった時のために連絡先ば交換しただけなのに」

しばしの沈黙が流れた。沈黙を破って北斗が言った。

「……矢作さん、精神的に満たされずに優しさに飢えていたのかもしれない。心が枯渇していて、親身になって相談にのってくれるのがうれしかったのかも」

「うちもそう思う、それがたまたま異性だっただけたい。……で、矢作さんにはどう返事ばしたらよかかね」

「それは恵子さん次第だけれど、今後よそよそしい感じにならないようにうまく返事ができればベストだと思う」

結局、恵子は矢作に対して、うれしいけれどごめんなさい、というような回答をすることになった。

北斗は電話を切った後、矢作がこれまで抱いてきたであろう深い孤独に思いを馳せた。

3　非正規雇用と雇止めに関するルール

今回の事例は、有期労働契約が更新された後で次の契約期間の満了をもって更新しないとする、いわゆる「雇止め」のケースだ。有期労働契約をめぐるトラブルで多い事例である。

恵子の提案もあり、当事者の矢作も参加して、ＮＰＯ事務所で非正規社員の雇止めについての学習会が開かれた。テキストは、菅野和夫『労働法』（弘文堂）と『知らなきゃトラブる！労働関係法の要点』（労働調査会）、それに『判例六法』（有斐閣）を用いることになった。

「まず、実体要件を検討していこう」

北斗が解説をしていく。雇止めに関するルールは、最高裁判決により判例法理（雇止め法理）として確立している。労働契約法19条は、この判例法理を定めたものであり、その有期労働契約が次の①または②にあたり、使用者が雇止めをすることが客観的に合理的な理由を欠き、社会通念上相当であると認められない場合には、その雇止めは無効となる。

①有期労働契約が過去に反復更新され、その雇止めが無期労働契約の解雇と社会通念上同視できると認められる場合（東芝柳町工場事件、最高裁昭和49年7月22日第一小法廷判決）

②労働者が有期労働契約の契約期間満了時に、契約が更新されると期待することに合理的な理由が認められる場合（日立メディコ事件、最高裁昭和61年12月4日第一小法廷判決）

関連する条文や判例と照らし合わせながら、今回の事例について検討を加えていく。

「判例に照らしても、矢作さんの場合、3年どころかわずか5か月しか勤務していないから、無期雇用の解雇と同視することはできないし、更新を期待することに合理的な理由があるとも言えないので、期待権の保護は生じないと考えられるだろうね」

判断要素

a. 臨時雇用か常用雇用か、b. 更新の回数、
c. 雇用の通算期間、
d. 契約期間の管理の状況、e. 雇用継続の期待を持たせる使用者の言動の有無等

労働契約が継続している間のあらゆる事情を考慮して判断

雇止めの有効性の判断要素と雇止め事案の可否判断の傾向

低 ← 雇止めが無効とされる可能性 → 高

具体例	判断要素	具体例
・業務内容が臨時的 ・正社員と異なる	業務の客観的内容	・業務内容が恒常的 ・正社員と同一
・臨時的な地位（嘱託・非常勤講師等） ・正社員と労働条件が異なる	契約上の地位の性格	・基幹的な地位 ・正社員と労働条件が同じ／差がない
・継続雇用を期待させる言動等が少ない	当事者の主観的態様	・継続雇用を期待させる言動等があった
・反復更新されていない ・更新回数や勤続年数が少ない ・更新手続きが厳格	更新の手続き・実態	・反復更新されてきた ・更新回数や勤続年数が多い ・更新手続きがゆるい／形式的
・同様の地位にある他の労働者も雇止めされている	他の労働者の更新状況	・同様の地位にある他の労働者は雇止めされていない
・更新回数・勤続年数等の上限が設定されている	その他	・更新回数／勤続年数等の上限が設けられていない

「①にも②にもあたらんていうわけやなあ。厳しかねえ」

さらに、①または②にあたる場合に、使用者が雇止めをすることが「客観的に合理的な理由を欠き、社会通念上相当であると認められない場合」についても、判例が積み重ねられている。

「矢作さんの場合、臨時雇用で更新回数も少なく、雇用通算5か月で不利な要素しかない」

「あの……採用時には長く働いてほしいと言われていたんですけど……」

矢作は口を開いたが、逆にほかの2人が黙りこくった。

「それより、労働契約法19条の効果ば解説してくれんか。矢作さんの場合は、雇止めが無効となった場合でも、あまりメリットがなか気がする」

恵子が条文を見ながら、北斗に説明を求めた。北斗は「有期労働契約の更新等」を定めた労働契約法19条の条文を引用しながら答えた。

「雇止め法理に照らし雇止めが無効となった場合は、『使用者は、労働者からの有期労働契約の更新または締結の申し込みを承諾したものとみな』されることになります。そして、更新後の有期労働契約、あるいは期間満了後に締結された有期労働契約は、それまでの有期労働契約と同じ労働条件となります」

「そうすると矢作さんの場合、雇止めが無効となっても〈1か月契約〉が更新されるだけちゅうことになる」

「その通り。矢作さんの場合、そもそも期待権の保護が生じていないと考えられます。そして、仮に雇止めが無効となった場合でも、1か月後には理由を示して契約満了で終了ということになるだろう」

北斗がそう切り出したとき、矢作は一瞬思考が途切れた。

（どうにもならないということだろうか……）

何とか平静を取り戻して前を向いたが、今まで見えていた平凡な風景が霞んだような、そんな気がした。

「手続き要件はどうやろう。ここいらへんの条文は使えんかなあ」

恵子が役に立ちそうな条文をピックアップしていく。


【労働基準法・条文】

（契約期間等）

第十四条
② 厚生労働大臣は、期間の定めのある労働契約の締結時及び当該労働契約の期間の満了時において労働者と使用者との間に紛争が生ずることを未然に防止するため、使用者が講ずべき労働契約の期間の満了に係る通知に関する事項その他必要な事項についての基準を定めることができる。
③ 行政官庁は、前項の基準に関し、期間の定めのある労働契約を締結する使用者に対し、必要な助言及び指導を行うことができる。

雇止めの予告・理由の明示

①有期労働契約を３回以上更新している場合
②１年以下の契約期間の労働契約が更新されて、最初の契約から継続して通算１年を超える場合

雇止めをするときは原則として予告が必要

使用者は有期労働契約を更新しない場合には、あらかじめ更新しないことが明示されている場合でない限り、少なくとも、契約期間が満了する日の30日前までに、更新しないこと（雇止め）を予告しなければなりません。
雇止めの予告後、労働者が雇止めの理由について証明書を請求した場合は、使用者は遅滞なく証明書を交付しなければなりません（雇止め後に労働者から請求された場合も同様）。

【雇止めの理由の明示例】
・前回の契約更新時に、本契約を更新しないことが合意されていたため
・契約締結時当初から更新回数の上限を設けており、本契約が当該上限に係るため
・事業縮小のため
・業務遂行能力が十分でないと認められるため
・勤務不良のため（職務命令違反・無断欠勤等）

【雇止め予告】

「使用者は有期労働契約（この場合の「有期労働契約」は当該契約を三回以上更新し、又は雇入れの日から起算して一年を超えて継続勤務しているものに限る）を更新しないこととしようとする場合には、少なくとも当該契約の期間の満了する日の30日前までにその予告をしなければならない。」


ピックアップされた条文や行政通達に対して、北斗が検討を加えていく。

「有期労働契約基準では、一定の有期労働契約について、雇止めをする場合の手続きとして、①雇止めの予告をすること、②雇止めの理由を明示すること、を定めています。矢作さんの場合、1年を超えて継続勤務してないから、この基準の下でも雇止め予告すら不要ということになると考えられます」

「厳しかねえ」

そこまで言うと、恵子は口元をキュッと引き締めて瞼《まぶた》を閉じた。北斗は横目で矢作をちらっと見たが、矢作は少し俯《うつむ》いている。

「よし、当日までに何とかしよう。使える可能性のある条文はコンメンタールで制度趣旨までさかのぼっておこう。判例や行政通達もくまなくチェックしておこう」

北斗はニコッと笑ってみせた。矢作も俯いた顔を上げて前を向いた。

「よろしくお願いいたします」

検討会は夜まで続いた。

4 はじめての団体交渉

矢作はここ最近、なかなか眠りにつけない夜を過ごしていた。一つ目は、恵子に告白したことだ。

「うれしか、けれどごめんなさい。……好きな人がおるっちゃ」

嬉しいということだが、他に好きな人がいるのか……。もしかして北斗さんなのかな?

その後の学習会でも、恵子は特に気にした様子はなかったが、矢作は大それたことを言ってしまった自分と、北斗と恵子の関係をあれこれ想像し、もんもんとしていた。

もう一つは、雇止めにされたことである。交渉の日が近づくにつれて、矢作の不安は高まった。契約書には「1か月契約」と明記されている。そうすると、期間満了で雇止めにされても、契約上は何の文句も言えない。一体どういう交渉をするというのだろうか。来月からは無職で、生活に困る毎日が待ち受けているのだろうか。

今日もまた、朝が来て夜が来た。初めての団交前夜、矢作はあまり眠れないまま朝を迎えた。

団交当日。待ち合わせ場所には、北斗、恵子のほかに、米内《こめうち》という青年が駆けつけてくれた。シフト制で働いているため、今日は非番だったのだという。見ず知らずの自分を助けるために、見ず知らずの青年が駆けつけてくれたことを矢作は心から嬉しく思った。

「助け合いの精神こそ、コミュニティ・ユニオンの真髄なのだ。そこのところは忘れないでほしい」

ノロシーの言葉が、矢作の頭の中でリフレインした。こういうことなのだと矢作は実感できたような気がした。

指定された会場に入ると、会社側出席者が緊張した顔つきで挨拶をしてきた。まずは、名刺交換を始める。北斗がユニオンの書記長の肩書の入った名刺を渡し、ユニオン側の4名の出席者を紹介する。会社側も自己紹介を始める。人事部長、営業部長、経理担当者の3名が会社側の出席者だ。

団体交渉が始まった。北斗が当事者の矢作に、なぜNPOの紹介を通じてユニオンに加入し、団体交渉を申し込んだのか、その思いを自分の言葉で会社に伝えるよう促した。

「僕は、契約当初は長く働いてほしいと言われていました。けれど、部屋に呼び出されて、5か月めで雇止めで契約更新はしない、と言われてしまいました。僕は失敗をしたり、小さなミスはあったかもしれませんけど、どうして契約更新されないのか、納得がいきません。来月からの生活をどうしよう。途方に暮れて労働NPOに相談したところ、話し合いの場を設定してもらえる方法があることを知りました。そこで、紹介されてユニオンに入って、団体交渉をすることになりました」

北斗は矢作の言葉を引き継いだ。

「本件では、期間雇用で5か月での雇止めを主な議題とさせていただきます」

北斗は会議室のテーブルに六法全書を開いた。恵子はノートパソコンで議事録作成を担当し、米内がボイスレコーダーを担当する。本格的な交渉が開始された。

北斗は穏やかに、かつ堂々とした交渉スタイルで、相手側の反応を確認しながら論点を整理していく。

「そもそも、コールセンターの電話スタッフという仕事は継続的業務であって、季節的業務ではありません。にもかかわらず、御社は矢作さんとの間で、1か月＋3か月＋1か月というコマ切れの短期の雇用契約を3回にわたり締結しておられます。このこと自体が、労働契約法の趣旨からは疑問です」

北斗は、労働契約法17条2項を読み上げた後、有期労働契約をできるだけ抑制することが雇用の安定につながるという法の趣旨について説明した。

そして「必要以上に短い期間を定めることにより、その有期労働契約を反復して更新することのないよう配慮しなければならない」という条文に照らし、どのように配慮義務を果たしているのかについて問いただした。それに対し、会社側は部長が怪訝《けげん》な表情を浮かべる。

「そんなに大層《たいそう》なものなんですか、配慮義務というのは……。配慮する義務にすぎないわけでしょう？」

「言葉の通りですよ。じゃあ、どう配慮する義務を果たしておられるんですか？」

会社側は沈黙した。静寂を打ち破るように、北斗は続けた。

「御社は著名で社会的評価も高い。私も御社の製品を使わせていただいている。消費者としてはファンです。財務諸表を拝読させていただいたが、業績もよい。御社のような素晴らしい会社が雇止めをされるのは残念です」

会社のファンだと言われて、営業部長がペコリと頭を下げる。人事部長が大きく手を広げながら発言した。

「契約書はあくまで1か月契約となっています。そうすると、契約期間が満了したというだけですから、契約上は何の問題もないということになりますよね」

その瞬間、これまで物腰柔らかな交渉スタイルを貫いてきた北斗が、身を乗り出して語気を強めた。

「コールセンターの電話スタッフというのは継続的業務ですよね。〝海の家〟のような夏限定の季節的業務ではない。本来、労働契約を短期にしなければいけない必然性は乏しい。にもかかわらず、常用雇用の場合に『解雇』になってしまう行為を、非正規雇用という雇用形態を利用して行っているというのであれば、それは『解雇の脱法行為』と言わざるを得ませんよ」

人事部長は、広げた手を交差させて腕組みをした。北斗は続けた。

「労働基準法では、解雇であれば1か月前の予告か、解雇予告手当の支払いを義務づけています。1か月前に契約の終了を予告されたのですか？」

「しましたよ」

「それが証明できる通知書等はありますか？」

「いいえ。口頭で伝えただけで書面はありません」

北斗は人事部長をまっすぐに見て言った。

「いきなり雇止めをしなければならないような事情があったのなら別ですが、御社はいつも短期で雇止めをしておられるわけではないでしょう。もし他の方に対しても恒常的に短期で雇止めをされておられるのでしたら、今後、改善していただきたい」

恵子も続ける。

「いきなり雇止めばせなならんような事情があったんなら別ばってん。矢作さんの件についても、検討していただきたか」

それを聞いて、ここまでの交渉を黙って聞いていた営業部長が発言した。

「弊社はいつも数か月で雇止めをしているわけではありません。今回は契約更新ができない理由があったのです。実は当事者の矢作さんは、休憩時間に職場の人に話しかけたりして評判が悪かった。それで迷惑をしていると営業課の社員からクレームが上がっているという事情があったのです」

それを聞いて、恵子は思わず俯いた。

一方、これまでの交渉を黙って聞いていた米内が、我慢できないというように発言をした。

「ちょっと待ってください、おかしいんやないですか？　私も非正規で働いてるけど、非正規の人は休憩時間に職場の同僚に話しかけたらあかんのですか？」

米内の体は小刻みに揺れており、声は心なしか震えていた。北斗は米内の前に腕をかざし、それ以上の発言を制止するような仕草をし、突然声のトーンを低くして言った。

「いや、わかりますよ」

そして人事部長の目をじっと見つめながら、因果を含めるように、今までよりもゆっくりと話した。

「わかります。会社側にも、ここでは表にできない何らかの事情があったのだとは思います。ただ、当事者側の事情も考慮していただきたいのです」

人事部長はうなずきながら話を聞いている。

「当事者の矢作さんが生活不安を抱えていることは理解していただけますよね？」

北斗はここまで押したり引いたりしていたが、交渉の落としどころを提示し、一気に問題の解決を図る勝負に出た。

「どうでしょうか。雇用期間をあと1か月だけ伸ばしてもらえたなら、こちらとしてはこれ以上問題にする気はないのですが」

「なるほど……」

人事部長はニヤリと笑い、隣にいる営業部長に目くばせして「それが狙いでしたか」と囁《ささや》いた。

団体交渉後には、一人ひとりが感想を口にしあう「感想交流会」の時間が設けられる。交流会で、矢作はプレッシャーから解放された安堵感からか、まるで泣きじゃくった後の子供のような無邪気な笑みを浮かべた。

会社側から、「組合側の提案を受け入れる」との回答が届いたのは、それから数日後であった。団体交渉で「解雇の脱法的行為ではないか」と主張し、1か月だけ雇用を継続してもらう要求を受け入れてもらうことに成功したわけである。

1か月の継続雇用により、雇用期間が6か月になる。人事部長が囁いた通り、まさにこれが狙いであった。有給休暇の権利は6か月の継続雇用により発生する。「有給休暇を全部取得させること」を和解契約書に盛り込むことができた。雇用保険との関係においても、会社都合退職の場合における失業給付の受給資格は、最低でも6か月雇用されていることが要件となっており、「会社都合での退職とすること」も和解契約書に盛り込むことができた。

つまり、1か月の継続雇用を提案することにより、有給休暇の全部取得、雇用保険（失業給付）の受給を勝ち取ることができたのである。

矢作は驚いた。契約通りだから文句は言えないと思っていたものが、あと4か月間（雇用継続1か月＋失業給付3か月）は生活の心配がなくなり、さらに、10日間の有給休暇を使って、仕事を見つけることができるようになったわけである。

5　新しい出発

交渉は無事に終了した。喜ぶ矢作に恵子が声をかけた。

「転職は一生に関わってくることやけん、よう考えて。余裕がなかと、『派遣でも契約社員でも、アルバイトでも、なんかなし何でもよかけん食いつながな』って条件面などで妥協せざるをえなかこともある。ばってん、今回は少し余裕があるけん、しっかりね。急いで職ば探すとロクなことにならんけん、じっくりね」

北斗もアドバイスを付け加えた。

「変に妥協して不本意な転職をしてしまうと、そこがベースになってしまう。そこから這い上がるのが難しいことにもなりかねない。残念だけど、これが日本の雇用の現実なんだ。今回、ピンチをチャンスに変えることができると信じています。どうか頑張って」

「ありがとうございます」

矢作は、ペコリと頭を下げた。

矢作の「再就職祝い」の食事会が開催されたのは、それから2か月後であった。大阪道頓堀の焼肉屋さんでの食事会には、北斗や恵子を含め6名のメンバーが参加した。乾杯のあと矢作は、みんなにお礼を言い、ハローワークの紹介で次の仕事が決まったことを報告した。

「団体交渉で勝利和解したて思うたら、もう次の仕事が見つかったたっちゃ、行動が早かねぇ。すごか」

「実は次も非正規で、6か月契約の契約社員としての就業なんです」

きょとんとした顔をしたのが恵子だ。

「失業給付ばまだ受けられたんやし、ゆっくりと正社員としての働き口ば探すこともできたんやなかと？」

恵子の質問に対して、矢作はゆっくりと首を振った。

「これまで正社員にチャレンジしては、不採用通知をもらい続けてきたんです。その度に傷ついてきました。今回、僕にはそんな勇気も自信もありませんでした」

履歴書・職務経歴書に空白期間ができることを嫌った矢作は、早期の就職の道を選んだのだ。少ししんみりした空気を暖めるように、恵子が手を一つたたいた。

「なんかなし……おめでたかことやけん食べようか。食べ放題の焼肉店ばうちが選んだ。道頓堀でうまかと評判ばい。焼肉はうちらの好物で、スタミナ食ばい」

皆がおしゃべりに花を咲かせながら、焼肉に舌鼓《したつづみ》を打つ。ラストオーダーの後、デザートのゆずシャーベットを食べながら、矢作は恵子に尋ねた。

「また何かあったら、相談させてもらってもいいですか？」

「もちろん。けど……何もなかとが一番ばってんね」

北斗は恵子に目配せし、それから矢作に語り掛けた。

「不躾《ぶしつけ》な質問で申し訳ないけれど、また非正規で後悔しないのかな。好きな勤務地や勤務期間を選びやすいからこそ非正規で働いている方もいるかもしれないけど、正規雇用を希望しても非正規の職にしか就けない構造があるとしたら問題だよね」

恵子も続けた。

「うん。うちも、非正規労働者が低賃金でいつ雇止めにあうかわからん不安定な状態におかれとーことは問題やて思う。仕事決まっておめでとう。なんかなし、頑張ろう。応援しとーけん」

「ありがとうございます」

矢作は少し目を赤くしてお礼を言った。

「うちも矢作さんの新しか出発ば応援するけん、矢作さんもうちば応援しんしゃい」

それから、恵子は矢作の耳元でボソッと付け足した。

「お互いの恋ば含めてやけんね」

夜は更けて、ネオンライトが街を照らしていた。大阪・道頓堀のグリコの看板は、愚直に努力する人間を応援するかの如く、今日も光を放ちながらポーズを取っていた。

第3章　引越し屋さん罰金《ペナルティ》事件

1　初めての挑戦！　大学生ボランティア相談員

ＮＰＯ事務所に立同館大学の洛井教授に連れられて大学生がやってきた。洛井教授が挨拶をする。

「うちのゼミの生徒です。彼女は、法律を机の上でだけ学ぶのやなしに、実社会でどないなように使われてるのか実際に学んでみたい、そのためにボランティアがしたいという奇特な学生さんなんです」

女子大生がペコリとお辞儀をし、教授が続ける。

「預かってくれやしませんやろか、と森脇先生にお願いしたら、喜んで受け入れてくれはったんです」

洛井教授に紹介された後、しばらくこのＮＰＯにボランティアで参加したい、という美里が自己紹介を始めた。

「立同館大学の産業社会学部の3回生です。名前は山川美里。東京生まれですが京都にずっとあこがありました。私のことは美里って呼んでください」

「森脇教授から聞いております。心から歓迎します。NPOで労働法のレクチャーを受けてもらってから、実際の労働相談も担当していただければと思います」

北斗がそう言うと、美里はこくりとうなずいた。こうしてNPO事務所にしばらくの間、新しいスタッフが入ることになった。


初日は、北斗と恵子で、労働NPOのイメージを持ってもらおうということになった。北斗が、まずは簡単なNPOの役割を説明することになった。

「ここは労働NPOなので、いろいろな悩みを持った人が駆け込んできます。駆け込み寺ですね。私は恵子さんとともに相談員として労働相談を受けています。」

美里は、わが意を得たりという顔で「やっぱりトラブルに巻き込まれるのは、労働法を知らない人が多いからですよね？」と呟いた。が、北斗の答えは違っていた。

「私も学生時代はそう思っていました。でも、実際に相談を受けてヒアリングをしていくうちに、そうではないことが分かってきます。働く人たちはネットで調べたりして少しくらいは労働法の概要を知っているわけです。でも、労働法を使いこなせるか、労働法を使って問題や悩みを解決しようとしたことがあるのか、といえば、ほとんどの人がNOというわけです」

「それは、なんでなんですか？　なんで、違法状態だとわかっていても、知っていても、何もしない人が多いんですか?」

美里はナンデという関西弁を使いながら質問した。恵子は嬉しそうに答えた。

「美里さんは学生さんやけん、実感がわかんかもね。学生時代は恋愛や試験なんかで悩むことが多かばってん、社会人になると働くことに悩んどる人が多かとばい。NPO法人では、働く人たちば支援しとーとよ。美里さんも、相談ばうけていくうちに、新しか発見があるて思うったいよ。楽しみばいね。あっそれから、うちら〈働き方NPO〉では労働相談だけをしとーだけやなかばい。手続きの仕方ばアドバイスしたり、手伝うたりして、労働者の権利ば守るために日々活動しとー」

美里がうなずくのを確認して、恵子は続ける。

「それから、労働法のセミナーば開いたり、労働法ば活用しようっちゅうキャンペーンば打ったり、政策提言をしたりして、みんながまともに働けるような環境ば作ろうとしとー。偉かNPOと思わん?　楽しそうやろ」

恵子は美里が手伝ってくれるのが嬉しくてたまらないという感じで続けた。

「NPOでは労働相談を通じて、問題を解決する手助けばしとる。相談に乗るだけじゃなかと。社労士・弁護士ば紹介したり、書類作りば手伝うたり、労働基準監督署へ一緒に行ったりして、労働コンサルタントみたいなこつばしとる」

「人気があるって聞きましたよ」

「そうたい。相談しやすかったちゅう声ばようもらう。手前味噌になってしまうばってん、働く人たちの立場ば考えて、親身になって相談ば受けるこつができるのは、自分たちの持ち味やて思うとー」

ＮＰＯ事務所では、カウンセラー研修として、労働法の基礎を一通り学習してもらった後、ヒアリングの仕方やメンタルヘルスについて学んでもらうことになった。美里は、順調にカリキュラムを消化し、真綿が水を吸い込むように知識を吸収していった。

〈労働法学習会兼相談員養成講座スケジュール（全7日）〉
【1日目】全体構造編　①労働法のカタチ　②給与計算の仕方、給与明細の見方
【2日目】労働基準法〈前編〉
【3日目】労働基準法〈後編〉
【4日目】絶対知っておこう編　①賃金、労働時間　②災害補償、就業規則
【5日目】労働契約法
【6日目】労働組合法
【7日目】役に立つ！　メンタルヘルス講座
〈その後の学習会〉
労働者派遣法、パート・有期雇用労働法講座
役に立つ！　仲間づくり・コミュニティの作り方講座

役に立つ！　労働相談の仕方講座（ヒアリングの仕方・メンタルヘルス）
役に立つ！　交渉の仕方講座

美里は、昼間も事務所にやってきて、電話相談で北斗が応対するのを横で聞いて勉強させてもらえるようにした。労働ＮＰＯの活動のメインはやはり労働相談だ。クビを切られた人、残業代がもらえない人、パワハラや退職勧奨を受けて精神を病んでしまった人たちなどからの電話が日々、鳴り止まない。「会社でいじめられています」「上司からのセクハラが精神的にキツい」「試用期間で解雇されてしまった」……はじめの一週間だけでも、様々な電話がかかってきた。

美里は労働相談の雰囲気を感じながら、北斗と相談者とのやり取りをメモしていた。

（法律があっても守られていないのかぁ……）

美里は少しショックを受けていた。悩みがあっても自分だけでは解決できない人がたくさんいるのだ。

一週間後、美里は無事にカウンセラー研修を修了し、労働相談員として次の日から電話相談を補助的に担当させてもらえることになった。

ＮＰＯでは、お祝いと歓迎会を兼ねて食事会を開催することになった。美里がシーフードが好きだということもあり、食事会は、大阪・梅田にあるオマール海老の美味しいワイン店で開かれることになった。

「今日は、夜にオマール海老を食べる日だよねぇ」

北斗は、美里に声をかけた。

「そうですよ、もう18時半ですよ！　そろそろ今日は終わりにして、お店に移動しませんか？」

その時、電話が鳴った。北斗は受話器を取った。

「はい、〈働き方ＮＰＯ〉ですが……お急ぎですか？　今日の19時以降に面談相談に伺いたい⁉　どういったお困りごとでしょうか」

すでにバッグを手にスタンバイしていた美里に対し、北斗は「ちょっと待ってほしい」というジェスチャーを送った。その後、ひたすら相談相手の言うことに耳を傾けてメモを取り続けている。

30分近くが経過した。

「内容はわかりました。今日は別件がありますので面談相談は困難ですが、明日の19時以降であれば面談可能ですので、お待ちしております」

その瞬間、歓迎会が延期にならなくてよかったと、美里はほっとした表情を浮かべた。

お店では森脇先生が「待ちくたびれたよ～」と声をかけてきた。岩松先生もいる。歓迎会では、しばしオマール海老に舌鼓を打ち、ワインを飲みながら歓談した。

「では、改めまして順番に自己紹介をしていただきたいと思います」

北斗が司会を始める。歓迎会では、ほろ酔い気分になったころ自己紹介の時間を設けているのだ。そうすることで、普段は聞きにくいエピソードを交えてもらえたりする。

「では、本日の主役の美里さんから自己紹介を始めてください」

「私は立同館大学産業社会学部の大学生です。新聞記者や雑誌記者を志望していますので、新聞社や出版社に就職できたら最高だと思っています。大学で社会の仕組みを勉強しているうちに、働き方の問題に興味を持ちました。労働NPOでのボランティアは、私が相談したゼミ担当の洛井教授に勧められたことがきっかけです。卒業論文のテーマにしたいと考えています。それから、働き方や労働法のことを学んでおいて、本格的に就職活動をする前に、自分がブラック企業に入ってしまわないくらいの知識はつけておきたいです。いろんな人に出会えるので、将来、記者や編集の仕事につけた時にも役立つかな、と考えています。これから勉強していきたいと思っています。どうぞよろしくお願いいたします」

「洛井教授から美里さんのことは魅力的な学生さんだと聞いとります。美里さんは、ライターや編集者さんを志しとって、ほんで社会問題に興味持ってNPOにボランティアにやってきてくれた。みなさんの宝として一緒に仲良うしてください。私からもお願いいします」

森脇先生が優しく美里のことをほかのメンバーに紹介する。

美里は他の人の自己紹介に興味があった。NPOの共同代表の森脇先生、岩松先生とは初対面である。そして、事務局で相談員の北斗と恵子についても、もっと知っておきたい。美里はプライベートな日記帳を取り出して、メモを取っておくことにした。

＊

なんと、オマール海老を食べながら、私は日記帳にこのメモを書いている。

森脇先生は、ＮＰＯの設立者。関都関《かんとかん》大学の名誉教授。教授といえども定年になると学内に与えられていた研究室を追い出されてしまうらしい。そこで、研究室の代わりの居場所の確保と、社会貢献のための研究拠点機関として、ＮＰＯを運営しているとのこと。すごい。ＮＰＯの事務所は自分の仕事を持ち込んでよいという緩やかな方針で運営されている。森脇先生自身も論文の執筆の仕事をしていたりする。心優しき先生だな。篤志家でもあるし。私を紹介してくださった洛井教授とは、研究者つながり。ＮＰＯの設立時にいろんな団体に声をかけた。スタッフが様々なバックボーンを持っているのはそのためとのこと。

岩松先生は、森脇先生とともに、ＮＰＯの共同代表をしている。開業弁護士でもあるほか、過労死防止の運動でも活躍している。北斗さんらが労働相談を受けて、裁判案件を依頼する紹介先にもなっている。そんな自己紹介の途中で、「美里さんは彼氏さんはいるの？」と突然尋ねられる。「それってセクハラですよ」と言ってみる。岩松先生は顔を赤らめて、「いやぁそういわれると……」と言って誤魔化した。ほほぉ、なかなかに可愛い。

北斗先生はＮＰＯの事務局として働いている。いわゆる専従スタッフ。ただ、いくつもの活動をして役職も掛け持ちしており、複数の仕事を持っている。開業社労士でもあるほか、ＮＰＯ事務局、過労死防止団体の事務局、労働組合役員、執筆活動や講演活動など、マルチに仕事をこなす。リモートワークもこなす。呼び方は、先生と呼ばずに「北斗さん」で良いらしい。夜空に輝く北斗七星のように輝く存在を目指す……。迷える人たちが目印にするポラリスのように……。なんだ？　詩人か？　生真面目なキャラだと思っていたけれど、こういう場所では、意外とノリがいいぞ。

恵子さんは、普段は法律事務所の事務員（アシスタント）として働いている。NPOではボランティアスタッフ。相談者が女性の場合にはなるべく同席をしている。セクハラ案件の場合、単独で対応することも。9時から17時までは法律事務所で働いているので、NPO事務所に顔を見せるのは週3日程度。それも平日17時以降と土日のうちいずれかとわりと気まぐれ。社労士を目指し、NPO事務所のデスクを使って、労働相談がないときはテキストを読んで勉強をしている。社労士試験を優秀な成績で合格した北斗さんのことを尊敬している。近くに開業社労士でもある北斗さんがいるので、法律のことや仕事のこと、試験のことなど、わからないことがあったら何でも聞いている。地元は博多。博多ではモテていた。すごい。けれど、モテなくなったので関西にやってきた。なんじゃらほい。

これで、みんなの自己紹介タイムは終わり。お酒も回ってほろ酔い気分。ほど良い気分。なんちゃって。いろいろあったけど、これからも頑張るぞ。みなさんに感謝。ありがとう。

＊

ワインが回ってきたのか、みんなもほろ酔い気分になってきている。森脇先生が歌を歌いだし、カラオケ店に流れ込んだりして、この日の歓迎会は夜遅くまで続いた。

2　引っ越しの労働相談、ペナルティ事件

「今日から相談員デビューですね」

歓迎会の翌日、北斗と美里は、前日に電話相談があった相談者の訪問を待っていた。

「今日の19時以降に面談可能でしたね」

「そうなんだ。働いている方は、平日夜か土日しか自由になる時間を持っていない人が多いんだ」

「仕方ないですね、労働相談なんですから」

相談者の中には約束の時間を守らない人も多いが、二十代であるという男性の相談者は19時ちょうどに事務所へ顔を出した。

「すいません。昨日電話で相談させていただいた者です」

そう言うと、相談者は背中を丸めてなんだかバツが悪そうに事務所に入ってきた。

「いえいえ、お待ちしておりました」

元気いっぱいなのが美里だ。美里は、カウンセラー講習終了後の初の相談者であることが嬉しいらしく、にこにこしながら椅子に座るように案内した。そして北斗・恵子の横に並び、出来たばかりの名刺を差し出して言った。

「山川美里です。よろしくお願いします」

「疋田《ひきた》といいます。こちらこそ」

そう言って相談者の男性はぺこりと頭を下げた。北斗がヒアリングを始める。

「昨日の電話では、休むとペナルティとして給料から罰金を引かれるということでしたよね」

「そうなんです。採用時にも言われていたんですけど、風邪で休みますと朝に電話したら、店長から約束通り罰金を取るといわれたんです」

「罰金?」

美里にとっては初めて聞くことだった。遅刻したら罰金。欠勤したら罰金。疋田の話では、30分以上遅刻をすると半日分の賃金を罰金として引かれ、シフトに入っていたにもかかわらず欠勤をすると、今まで働いた分から1日分の賃金を罰金として引かれるという。とんでもないルールだが、それが彼の勤務する引越し会社では普通に行われているというのだ。

【職　種】物流会社のようだが、引越し会社(?)
【企業規模】親会社(?)は飛脚運輸、そこの下請け会社(?)
【性　別】男性
【年　齢】19歳
【雇用形態】アルバイト

【勤　続】1年
【地　域】大阪（北摂）
【相談方法】電話相談→面談相談を希望
【問題分類】遅刻・欠勤時の罰金

話を聞いていた北斗は、前日に聞き取りをして記入したフォーマットを見ながら尋ねた。

――働いている会社名と業種を教えてください。

「ウェストハコビ社です。運送会社ですが、私は引越しの仕事しかしたことがありません」

――飛脚運輸から仕事をもらっているとのことですが、ウェストハコビ社は飛脚運輸の下請け会社なのでしょうか？

「わかりません。会社間ではどういう契約になっているのかわかりませんが、仕事はすべて飛脚運輸さんの仕事でした」

――どういう根拠でそう思われたのですか？

「引越しの時に飛脚運輸さんの社員も来られていたからです。一緒に作業をすることも多くありました」

――あなたと飛脚運輸とは契約関係になく、あなたとウェストハコビ社の間で契約があるということで間違いないですか？

「はい」

――ウェストハコビ社とは、どういう契約を結んでいるのですか？

「アルバイトで、シフト制の雇用契約です。登録をしておいて、空いている勤務希望日を提出すると、仕事が入ってきます。連絡がなければ、その週は仕事はなしです。今は夏休みだから、たくさんシフトに入りたいのでマルをたくさんつけて提出しました」

――雇用契約書や給与明細書は、お持ちいただいていますか？

「雇用契約書はないです。給与明細は持ってきました」

疋田は雇用契約書の代わりに、求人票と給与明細書をテーブルに並べた。求人票には時給1100円と書かれてある。

――日に何時間勤務しているのですか？

「日によります。5時間以下の勤務でも日当5500円は保証されています。8時間なら8800円という具合です」

――タイムカードはありますか？

「ありません」

――いつもどんなタイムスケジュールで働いてきたか、詳しく教えてもらえますか？

「朝、会社に集合します。この時に遅れた人間には遅刻で罰金のペナルティが課されます。そこから、トラックの荷台に乗って移動します。飛脚運輸の社員と一緒に現場に行って引越しの荷物を積む作業をします。またトラックに乗って引越し先へ向かいます。そこで下ろしの作業をします。そのあとトラックで会社に帰ります。終わりです」

それまでパソコンでヒアリングの内容をまとめていた恵子が語り掛けた。

「引越しは1日1万円とかの日給制が多かばってん、そうじゃなくて、時給制で罰金があるちゅうことと?」

疋田がうなずくのを確認してから、恵子は続けた。

「疋田さんは大学生なんね。授業料や生活費ば稼ぐために、引越しのバイトばしとーんやな。えらかばい。シフト制やっち、大学がある月は融通が利いて、夏休みはたくさん入って仕事ができるちゅうわけやなあ」

書類を見ながら北斗は右手をあごの下に持っていき、恵子に尋ねた。

「飛脚運輸は誰もが知っているような大手企業だ。どうして飛脚運輸は直接アルバイトを雇わないんだろう? ウェストハコビ社にマージンを取られるより、直接雇った方が安いんじゃないのかな?」

「直接雇うと都合が悪か理由でもあるんやろうかね。ばってん、証拠がなか。なんかなし、給料からの天引きは違法たい。お金ば返してもらわないかんと。この罰金制度はおかしかー」

「ホントだ。給料からの天引きは違法です。法律って、こういう風に使うんですね」

美里は学習会の時に使ったテキストを持ってきて、労働基準法の条文を示した。

（労働条件の明示）
第十五条　使用者は、労働契約の締結に際し、労働者に対して賃金、労働時間その他の労働条件を明示しなければならない。
（賠償予定の禁止）
第十六条　使用者は、労働契約の不履行について違約金を定め、又は損害賠償額を予定する契約をしてはならない。
（賃金の支払）
第二十四条　賃金は、通貨で、直接労働者に、その全額を支払わなければならない。

「やっぱり、この罰金制度はおかしいですよね」

疋田は少し顔を上気させて、同意を求めるように3人を見た。

「こげんことは許されんけん。会社に対してペナルティの取り消しば申し入れたらよかて思うばい」

博多出身の福岡恵子が、ちゃきちゃきの江戸っ子のように啖呵を切った。

3　内容証明の送付

北斗は確認するように疋田の顔を見た。

「会社に対してペナルティの取り消しを申し入れましょうか」

「具体的に、どういう方法を取ればいいいんですか」

「内容証明を出しましょう」

「届いた後、会社から何か言われたらどうしたらいいですか?」

「さっき差し上げた名刺を会社に見せて、相談した社会保険労務士の北斗が『ペナルティも天引きも違法だ』と言っている旨を伝えてください」

それから北斗は、興味があったらＮＰＯの会員になってくださいと伝え、加入用紙だけを疋田に手渡した。

「ありがとうございました。また報告させていただきます」

そう言って疋田は、来た時よりもシャキッと背筋を伸ばして事務所から出て行った。

相談が終わると、時刻は21時を指していた。北斗は美里に声をかけた。

「明日、一緒に内容証明郵便を作成して郵送しましょう」

翌日、美里は北斗と一緒に作成した配達証明付き内容証明郵便を郵送した。

●●●●年●●月●●日
大阪市○○○○ビル○階
ウェストハコビ株式会社
社長●●殿

大阪市○○○○
疋田康夫

未払い賃金請求書

疋田康夫は●●年●月●日から同年●月●日までの勤務に関し、労働基準法に基づき、下記の通り未払い賃金の支払を請求します。

賃金からの罰金による天引きは労働基準法16条に反し違法です。よって、労働基準法24条に規定する賃金全額払いの原則に反します。

請求した未払い賃金については本書到達の日から7日以内に支払って下さい。支払い方法は、次の銀行口座への振り込みによることとします。

●●銀行●●支店　普通口座番号　●●　口座名義人疋田康夫

記

違法な天引きによる返還請求金（未払賃金）
計　\●万●円

尚、前記で請求した金員の支払いが、本書送達後7日を経過した日に当方において確認できない場合は、支払いの意思がないものとみなし、遅延損害金、遅延利息を含め、法的措置を講じることとしますので念の為申し添えます。

以上

そして、約束の一週間が過ぎた。疋田が、NPO事務所に挨拶と結果報告にやってきた。声が弾《はず》んでいる。

「取られたお金が返ってきました！　振込みされていました」

疋田は手土産を渡した後、「何だか信じられないです。ありがとうございました」と何度もお礼を言った。北斗と恵子はもちろん、美里にとっては自分が関わった案件での初勝利であったので喜びもひとしおであった。恵子は、美里の心中を見通すかのように声をかけた。

「美里さんと同じ年齢でも、中卒や高卒で、もうすでに働いと一人もたくさんいるわけやけんね」

「はい。大学生でも疋田さんのように、学費や生活費を稼ぐためにアルバイトをしないといけない人も多いです。そして私も卒業すれば社会人になるので、勉強になります」

美里は、あっそうだ、と言ってお皿を用意し始めた。

「疋田さんからのお土産のケーキ、みんなでいただいちゃいましょうか。疋田さんもどうぞ」

「じゃ、私がお茶を用意しましょうか……」

北斗がちょっとはにかみながら、嬉しそうに紅茶の用意をし始めた。北斗と恵子がセレクトした、淹《い》れたてのレディグレイを陶器のポットから注ぐ。恵子は口角を上げてそれをじっと見ている。レモンピールとオレンジピールが入った柑橘系の匂いが香りはじめ、事務所全体に幸せな時間と空間が広がっていった。

第4章　有給休暇のない会社

1　「アルバイトでも有給休暇はとれますか？」

「今日は、午前にも午後にも面談相談がありますね」

土曜日の午前、恵子と美里は、その週に電話相談があった相談者の訪問を待っていた。北斗は、午前中は恵子・美里コンビに任せてみるという。

「今日の午前中の相談者の方は大学生やけん、なるべく美里さんにおまかせするね」

北斗さんも恵子さんも、私に活躍の機会を与えてくれようとしているのかも。美里は、同じ世代の方の悩み相談を担当できるのが嬉しかった。

午前10時に、二十代という男性の相談者は事務所へ顔を出した。

「昨日電話で予約させていただいた者で、村本といいます」

「お待ちしておりました」

名刺を差し出した後、美里がヒアリングを始める。

「昨日の電話では、職場環境について相談させてほしいということでしたよね」

「そうなんです。アルバイト契約でも有給休暇は取得できるんでしょうか？」

【職　　種】居酒屋
【企業規模】全国規模
【性　　別】男性
【年　　齢】21歳
【雇用形態】アルバイト
【勤　　続】2年半
【地　　域】大阪（関西）
【相談方法】電話相談→面談相談を希望
【問題分類】有給休暇の取得

「どれくらいの期間、どの程度の頻度で働かれていましたか」

「2年半の間、ずっと週4日働いています」

「それなら取得できますよ。パートタイムで働くアルバイトでも、比例付与といって日数は少し減ってしまいますが、有給休暇を取ることができます。労働基準法で義務付けられているんです」

美里の答えを聞いて、相談者の村本は少しほっとしたような顔を作った。その後、真面目な表情に戻って質問を続けた。

「でも、どうやって有給休暇の取得を申請したらいいのか、方法がわからなくて……。文書を作成してくださると聞いたのですが」

「当NPOでは書類作成のお手伝いもしておりますが、有給休暇の取得を申請する時には、口頭で『何月何日に有給休暇をいただきます』と言えばいいだけですよ」

「えっ、理由を書いて申請しなくてはいけないのでは？」

「理由を説明する必要も、書類を提出する必要もありません。有給休暇の申請に法的なルールはないので、電話で『今日は有給休暇で休みます』というような伝え方でも大丈夫です」

村本は「もう一つ質問があります」と続けた。

「有給休暇は、忙しいときには取ることができなくて、変更されてしまうと聞きました。そうすると、今のような忙しい職場は、ずっと有給休暇を取れないことにならないでしょうか？」

答えに詰まる美里を見て、恵子がフォローした。

「確かに、会社側に時季変更権はあるばってん、あくまで『合理的』な範囲でのみ、時期ば変更することが許されとーにすぎん。常識的には、有給休暇ば取ろうとした日の次週か次々週くらいが限度ばい。それば超えてしまやあ、合理的とはいえんくなってくるけん。適当に理由ばつけて先延ばしにしてきたり、会社側が何か月も有給休暇ば取らせまいと嫌がらせしてきたような場合は、それこそ訴えたっちゃよかて思う」

「要するに、有給休暇は取れる。会社側に正当な理由があれば、ほんのちょっと時期をズラされてしまうことがあるだけ、ということですね」

「そうばい。有給休暇は労働基準法で定められたもんや。これば取らせんことは国が許さんっちゃ」

村本はうなずいた後、前で腕を組んだ。

「あと、僕はバイトリーダーでみんなの手本にならなければならないんですけど、有給休暇なんて取得したら、リーダーを外されないでしょうか」

「有休ば取ると昇進に響くんやなかかちゅう質問ばされる方もおられるばってん、たとえば、有給休暇ば取ろうとしたときに、お前の査定ば落としてリーダー外しちゃるけんな、などて言われるようなことがあったら、こりゃ違法行為ばい。労働基準監督署へ駆け込みゃあよか。メモなどで証拠ば残しとってくれん」

村本はなぜか、天井を見上げた後、正面を向きなおした。

「そうすると、有給休暇を取るのにいちばん大切なのは、まず自分自身が有給休暇を取得する旨の申請をすることなのですね」

「そうたい。日本では、有給休暇ば取らせん会社がほんなこつ多かことも事実ばい。ばってん、それと同じくらい、働く人たちが有給休暇ば取ろうとしとらん現実がある」

「取ろうとしとらん……そうですね。権利なのに」

村本の表情に、強い決意が見えた。今度は美里が質問をする。

「バイトリーダーって、ほかの方とはどう違うのですか?」

「ほかのバイトより時給が20円ほど高いです。週末の棚卸も手伝わせてもらえるんです」

美里は何か言おうとしたが、言葉を飲み込んだ。そして、「興味があったらNPOの会員になってください」と伝え、加入用紙だけを村本に手渡した。

「ありがとうございました。また報告させていただきます」

そう言って彼は「バイトリーダーの仕事がありますから」と、元気よく事務所から出て行った。


午後、NPO事務所に森脇先生がやってきた。美里は上機嫌だった。

「森脇先生。私、良いことしちゃいました。労働相談で、アルバイトをしている大学生が有給休暇がとれないって困ってたんです。そこで、私、アルバイトでも有給休暇がとれますよってアドバイスしたの。そうしたらその相談者の方、アルバイト先で交渉して有給休暇取りますって。頑張れって。すごいでしょ?」

森脇先生にも嬉しさが伝播したのだろう。

「良かった。自分がアルバイトじゃけん有給休暇を取れん思うとる人もおるみたい。やけど、こりゃ間違いや。アルバイトの人でも有給休暇取ることができるけん」

「はい。私がNPOで最初に受けた相談員養成講座でも出てきました。パートタイムで働くアルバイトでも、比例付与で有給休暇を取ることができるって」

森脇先生は少し残念そうな口調で言った。

「そうはいっても日本社会特有の同調圧力の中で、有給休暇が取れん、取らせん職場があまりにも多いことは問題です」

そうなのだ。正社員はもちろん、アルバイトにも有給休暇が取りにくい雰囲気があるのはなぜなんだろう。実態として、有給休暇を取れること自体を教えてくれない会社が多い気がする。美里は少し考え込んだ。

2　有給休暇という概念のない会社

昼、恵子は、自宅で手料理した焼きそばの差し入れを北斗と美里に振る舞った。

「午後からの面談相談は、うちがメインで担当するけんね」

昼下がりの午後2時、四十代という女性の相談者は事務所へ顔を出した。

「電話で予約させていただいた桐園《きりぞの》といいます」

恵子は、相談者を椅子に座るように案内した。名刺を差し出した後、ヒアリングを始める。

「先日の電話では、職場環境について相談させて欲しかちゅうことやったよね」

「そうなんです。私、この仕事に就いてから20年間、給料が上がっていないんです。契約上は準社員といって、正社員に準ずる地位ですが、ボーナスがなくて寸志がもらえるだけです。それから、有給休暇は年間5日だけしかもらえません」

恵子は、矢継ぎ早に続く桐園のトークを右手で静止した。

「ちょっと待ってくれん。①給料が上がらん。②ボーナスが出とらん。はじめの二つは法律違反とまでは言えんが、③有給休暇が年間5日だけしかもらえんことについて詳しゅう教えてくれん？」

「私の会社、1年間に5日以上は有給休暇を取れないって言われているんです。でも、ほかの会社の人によると20日間取れるって聞きました。それでびっくりして相談に来ました」

桐園は短期大学卒業後、20年間、製造業の工場で働き続けた。手取りは17万円程度。有給が時効にかかってなくなってしまうが、「しょうがないんかなぁ」「そういうもんなんやろかなぁ」と思っていたところ、友人から労働相談ができると紹介されたのだという。

「日本の労働者の有給休暇の消化率は、年間50％を超えたくらいでとどまっとーね。法律上は完全に消化できる。ばってん、見えん圧力ばかけてくる会社もある。それでのうても、忙しか中で休みづらか雰囲気が蔓延しとー職場は多か」

「うちの会社もその通りで、みんな忙しくて周りに迷惑をかけるといけないので、誰も取っていません。たまに有給を取りたいという人がいても、上長である神戸氏が『有給休暇を拒否する権限は会社にある』『拒否権があるので与えない』と言って、取らせてもらえないんです」

「拒否権？　そげなとなか。有給休暇ば取りたかて言うたら、法律上は基本的に会社は取得ば拒みきらん」

北斗が説明を付け加える。

「有給休暇は、入社してから半年の時点で10日与えられます。勤続年数が増えるのと比例して、毎年もらえる有給休暇が増えていきます。桐園さんの場合、最大の40日が付与されているけれど、5日しか使っていないと考えられます。有給休暇処理簿などの開示の請求をしていないので断定はできませんが、有給休暇請求権は2年で消滅時効にかかるので、桐園さんの場合は、前年度から持ち越した15日分の権利が時効で消滅してしまう危機にあると思われます」

「有給休暇はいつでも取りたいときに取れるのでしょうか」

「原則としてはそうです。ただし、会社側には時季変更権というものがあります。これは、『お願いだから、時期を変えてください』と会社側が言えるだけの権利です。『取るな』と言うことは絶対に許されません。会社は有給休暇の取得を拒むことができないのです」

北斗に続いて、恵子も説明を加えた。

「仕事がつまっとって、さすがにこの日はキツかけん、休む日ば変えてほしかちゅうような時に、会社側に有給休暇の取得日ば変更する権利があるだけばい。『有給休暇ば拒否する権限は会社にある』『拒否権があるけん与えん』なんていうとは違法であって、めちゃくちゃばい。よし、有給休暇の取得ば申請しましょう」

桐園は、有給休暇取得通知書を恵子に手伝ってもらって一緒に作成することにした。

有給休暇取得通知書

1．不当な権利侵害について

貴社従業員、桐園氏は、誠実に貴社において就労してきました。

しかしながら、貴社は、有給休暇の取得に対して、不当に権利侵害をしてきたものと見受けられます。具体的には、上長である神戸氏が「有給休暇を拒否する権限は会社にある」「拒否権があるので与えない」旨の法律にも判例にも違反する暴論を振りかざし、有給取得を妨害してきました。

有給休暇の取得の制約の違法性に関して、過去の違法な運用と権利侵害に抗議し、今後、改められるように通告します。

2．有給休暇取得の通知について

過去の違法な運用と権利侵害に抗議するとともに、桐園氏は、労働基準法39条に基づき、以下の日程で有給休暇を取得します。

記

20××/×/×、×/×、×/×、×/×、×/×、×/×、×/×

これに対して、貴社の側が時季変更権を行使する場合、日程を明記したうえで、20××年○月○日18時までに担当者・連絡先宛てに文書で提示するよう要求します。提示なき場合は、当該は、法律および判例に従い、指定日に有給を取得いたします。

なお、不当な嫌がらせを含む権利侵害に対しては、労基署への申告及び労基法・労組法上認められたあらゆる手段を用いることを、あらかじめ告知させていただきます。

以上

「よし。あとは様式を整えて、配達証明付き内容証明郵便で送付すればいいだけばい」

桐園は、有給休暇取得通知書を送付することにした。

3　みんなの笑顔

翌週の金曜日、村本からは「無事、有給休暇が取れました。今度、うちの『鳥野郎』に呑みにきてください」と電話で報告があった。

同じ日、桐園の勤務している会社から、「希望通りに、有給休暇を取得して欲しい。時季変更権は行使しない」という書面が届いた。

土曜日の午後、桐園はNPO事務所にお礼を言いに来た。手にはお土産があった。

「20年間働いてきて、はじめて自分の意思で自分の希望した日に有給休暇を取得することができて感激しました。これ、私が働いている『神部屋』のパンです」

恵子と美里が、嬉しそうにお茶の準備を始める。北斗は桐園に話しかけた。

「ありがとう。給料アップやボーナスの獲得にはお役に立てなくてごめんなさいね」

「そんなことないですよ。みなさんの存在は私の希望です」

桐園は満面の笑みをみせた。夕日がキラキラと輝き、差し込む光がみんなの笑顔を照らしていた。

第5章　不当解雇は撤回できるか？

1　突然の解雇

雄也は建設工事の現場監督をしていた。働き盛りの雄也は厳しい納期の現場を任されていた。毎日睡眠時間が4時間程度しか取れず、休日も月に1日程度しか取れなかった。

そんな中、あまりに仕事が回らないので応援要員を社長に求めた。日々の激務で気が立っていたのかもしれない。社長と言い争いになってしまい、解雇されたのだ。

「クビだ！　明日から来るな!!」

「わかりました！」

売り言葉に買い言葉だ。雄也は思わず言ってしまった。

解雇されて約1か月、労働基準監督署へも労働局へも、法テラスへも行った。どこも同じような回答だった。

「明日から来るな、なんていう解雇は不当解雇である可能性が高いです」

「それは不当解雇で争うことができますよ」

ただ、法的な見解を教えてもらえるだけで、その後のフォローをしてくれるところはなかった。

（お役所の無料相談だから仕方ないか……。やっぱり身銭を切って相談にいかないと）

雄也はそう思って、1時間1万円を支払って、とある弁護士の有料相談に行った。その弁護士は、雄也の話を一通り聞いてくれた。ところがその後、労働ＮＰＯ事務所のホームページをプリントアウトしたものを渡された。

「雄也さんの案件の場合、こちらに相談に行かれるのがお勧めですよ。相談員に社会保険労務士がいて、親身に相談に乗ってもらえると評判です。労働問題は社会保険労務士の方が専門ですよ」

雄也はそれまで、社労士に相談に行くことや労働ＮＰＯ事務所に相談に行くという選択肢は思いつかなかった。しかしなぜたらい回しにするのだろう。あまり金にならない仕事は引き受けないのだろうか……。

「弁護士は労働事件も取り扱うことができるんじゃないんですか?」

「いえ、労働法は六法に入っていないので、労働弁護士以外は取り扱わないと思います」

そう言って、六法とは憲法・民法・刑法・商法・民事訴訟法・刑事訴訟法のことをいうのだと、その弁護士はわざわざ説明してくれた。確かに、労働法は入っていない。

雄也は相談料がもったいなかったと思ったが、これも授業料だと割り切ることにした。

雄也は、労働ＮＰＯに電話をした。女性のスタッフが丁寧に相談に乗ってくれた。

「解雇案件ですね。準備していただきたいものがあります。相談に際して、①トラブルに係る出来事を時系列で記載した簡単なメモ、②トラブルに係る出来事に関連する人物を相関関係で記載した簡単なメモ、③雇用契約書（ないし労働条件通知書）、④給与明細書、⑤解雇通知書など本件トラブルに関係のありそうな資料をご持参くだされば助かります」

「あの、いきなり『クビだ！　明日から来るな‼』って言われてしまったので、解雇理由書などはもらっていないんですけど」

「解雇理由通知書は必ずもらっておいてください。法律上もらえることになっています」

「でも、どうやったら解雇理由通知書をもらえるのですか？」

「解雇理由を問いただしてください。労働基準法では、これに答えなければならないと規定されていますから、解雇理由を書面にしてもらってください。できれば証拠に残るメールか文書が良いと考えます。解雇の理由が正当なものでなければ、解雇を無効にさせたり、賠償金を支払わせたりすることができる可能性があります」

雄也は会社に対し、解雇理由通知書の発行を要求した。

朝の陽気に包まれたＮＰＯ事務所には、北斗、恵子、美里の３人がいた。

チャイムが鳴る。午前中のアポはなかったはずだが……ドアを開けると、作業着のような服を着た男性が、直立不動で入り口のところに立っている。

「すみません、以前電話相談をさせていただいた雄也です。解雇理由が分かったので、訪問させていただきました。土曜日は事務所にいつもおられると聞いたもので……」

「雄也さんですね。いつ頃の電話相談でしたでしょうか」

北斗は記憶を辿った。電話相談は多く、全てを正確に記憶しているわけではない。記録から、美里が対応した案件だとわかった。

【職　　種】建設会社
【企業規模】中小企業（同族企業）
【性　　別】男性
【年　　齢】31歳
【雇用形態】正社員
【勤　　続】4年
【地　　域】大阪、枚方
【相談方法】電話相談→面談相談を希望
【問題分類】不当解雇（即日解雇）

「建設会社の解雇事件の方でしょうか」

雄也は目を輝かせた。

「はい。そうです。解雇されたことを相談したら、解雇理由書をもらうようにとアドバイスをいただきました。それで改めて労働相談に来ました。これからどうすればよいでしょうか、何とかなるでしょうか」

雄也は不安そうに、落ち着きがない様子でいる。北斗は名刺を差し出した。

「北斗と言います。改めて聞き取りをさせてください」

北斗のヒアリングに対して、雄也は自らが解雇されたいきさつを話した。

「大変でしたね」

北斗は同情を示した。一方、恵子は雄也に念押しをした。

「『明日から来るな』て言われて、売り言葉に買い言葉で、『わかった』と答えるとは悪か手ばい。良かなかと。自己都合で辞めるんと会社都合で辞めるんとでは、大きな差がある。解雇の正当性ば争うことや、社会保険ば活用する可能性が、自分から辞めた扱いにされると失われてしまう。大変ばい」

雄也は反省しているようであった。

「はい。少し感情的になってしまいました。けれども、自分で退職に同意して辞表や退職届を書いたりはしていません。ですから、きちんと解雇理由通知書をもらうことができました」

北斗はうなずいてから、雄也に説明をし始めた。

「会社には人を雇った以上、雇用責任があります。労働契約法では『解雇は、客観的に合理的な理由を欠き、社会通念上相当であると認められない場合は、その権利を濫用したものとして、無効とする』と定められています。辞めさせるにはそれなりの合理的な理由と相当性が必要になってくるわけです」

「私の場合、解雇は有効なのでしょうか」

雄也が不安そうに尋ねる。

「それは解雇の種類によっても異なります。解雇には、①普通解雇、②懲戒解雇、③整理解雇の3種類があります。1つ目の普通解雇は『労働能力上の理由による解雇』です。2つ目の懲戒解雇は『労働者の行為・態度を理由とする解雇』です。3つ目の整理解雇は『経営上の理由による解雇』です」

雄也は、解雇理由通知書を示した。

〈不景気であり、遅刻をしたり、ミスをする人間を雇っておくわけにはいかないため〉

書面にはそう書かれており、それが解雇理由だった。

「あれっ。雄也さんは納期が厳しい現場を任されて応援要員を社長に求めたところ、社長と言い争いになってしまって即日解雇されたのではなかったでしたっけ?」

「はい。その場で『明日から来るな』と言われてしまいました」

北斗は、苦笑いした。

「とりあえず解雇予告はされていないですね。それはそうと会社は書面での解雇理由を正式な解雇理由として主張してくるだろうと思います」

「書面に記載されているのも、ずいぶん荒っぽい解雇理由ですよね」

美里が口をとがらせて言った。

「結局、私の場合、解雇は有効なのでしょうか」

雄也がまたも不安そうに尋ねる。北斗が説明を始めた。

「雄也さんの場合、ミスをしたことは能力を理由としているように普通解雇、遅刻をしたことは本人の勤務態度を理由としているように懲戒解雇、不景気であることは経営難を理由としているように整理解雇、と読み取れます……」

「ぜ、全部ですか?」

恵子が力強く言った。

「慌てんだっちゃよかばい。解雇の種類ごとに、解雇が法的にＯＫとなるパターンは限られとーけん。それば説明していく」

雄也はうなずいた。

2　不当解雇を争う方法

「1つ目の普通解雇は、労働能力上の理由による解雇ばい。職務能力が著しく低かような場合には解雇できる」

「確かにミスはありましたが……」

「教育訓練などで能力ばアップさせることが普通はできる。やけん、ノルマが達成できんかったり成績が悪かことば理由に解雇することも、改善の見込みがありゃあ許されん」

「私の場合、ミスはしたけれど改善の見込みはあるし、そもそも長時間の過重労働のために集中力を欠いてしまった側面もあるのではないかと思っています」

「よか。当然、働く人間には生活や将来があるっちゃけん、『使えん』などと勝手に決めつけて解雇することはそう簡単にはできんっちゃ。普通解雇は、病気やケガなどば理由とすることもある。ばってん、仕事ばするとに関係のなか病気や、すぐに回復しそうな病気であれば、解雇の理由にすることはできんっちゃ」

「2つ目の懲戒解雇は、労働者の行為・態度を理由とする解雇ばい。懲戒解雇は、無断欠勤や遅刻、サボりなどが理由となる」

「遅刻はありましたが……」

「懲戒解雇についたっちゃ改善の見込みがあるかどうかが問題となる。勤務時間内にパチンコに行ったり、休みば勝手に何時間も取ったりしとーような社員は、確かに問題や。こげな社員に会社が指導ばしたっちゃどうしようもなかときには、解雇ば正当化しきるったい」

「私の場合、遅刻はしたけれど改善の見込みはあるし、そもそも長時間の過重労働のために体が動かずに朝起きれなかった側面もあるのではないかと思っています」

「よか。懲戒権は濫用は許されん。一回の遅刻で懲戒解雇にするとは、さすがにやりすぎやて考えられる」

「3つ目の整理解雇は、経営上の理由による解雇ばい。こりゃ、リストラと言われる」

「私の場合、建設業界は不景気だと聞かされていましたが……」

「多くの社員は『会社経営が厳しかけん』て言われると、『じゃあしょんなか』て納得してしまう。確かに、会社の経営自体が成り立たな、従業員の給与ば支払い続くることもできん。ばってん、『ほんなこつしょんなか』ちゅうケースはばり少なか」

「はい。不景気であっても、整理解雇が必要な状況とまでは思えませんでした」

「整理解雇には四要件が必要とされる。不景気やけんちゅう理由だけでは四要件ば満たしとーとは思えん」

「そうすると、私の場合、解雇は違法と考えられる余地があるということなのですね」

雄也は説明を聞いて、権利救済を求める意思を強くした様子だった。

「社長は雄也さんが過重労働のために仕事でミスをしたことを逆手に取ったような印象を受けます。雄也さん、解雇撤回を求めて内容証明郵便を送付しませんか」

「お願いします」

北斗は雄也と一緒に解雇撤回を求める書面を作成し、それを内容証明郵便で送付した。

「うちの社長、無視をしてくると思うんですけど」

「たいていの会社は内容証明郵便を送付されると、何らかのアクションをしてくるものですよ。まあ、相手の反応を待ちましょう」

雄也はほっとした表情を見せた。

「わかりました。反応を待ってみます。やっと頼れる専門家の方を見つけることができました。ありがとうございました」

雄也はお礼を言って事務所を後にした。


10日間が経過した。解雇撤回を求めて配達証明付きの内容証明郵便を送付したが、回答期限を過ぎても社長からの回答はなかった。設定していた面談の日、雄也は心配顔で現れた。

「大方の会社は、内容証明郵便ば送付されると、何らかの回答ばしてくるもんばい。それを完全無視とは。ふざけた会社ばい」

恵子は、独り言とも誰かに喋っているともとれる、絶妙な声の大きさで呟いた。北斗は雄也に問いかけた。

「さあ、ここからどうしましょうか」

北斗はこれから採り得べき方法について説明した。

「労働NPOでは常任理事に社労士や弁護士が含まれており、社労士、弁護士、ユニオンという労働問題の専門家とネットワークを作っています。このネットワークを活かして、内容証明郵便を送付するだけではなく、行政機関によるあっせん（社労士）、裁判手続き（弁護士）についての具体的なお手伝いについても提案させていただきます。団体交渉（労働組合）も可能です」

北斗の説明に対して、雄也は小さく首を振った。

「うちの会社はワンマン社長で、同族経営の会社です。社長は二代目で、人の気持ちや痛みがわからないといいますか……自分の気に入る人物はかわいがる一方で、気に入らない人物は次々と辞めさせられています。意に沿わない話し合いには応じないかと……。おそらく、他人の意見を聞こうとはしないと思います」

「なるほど。辞めさせられた経緯を聞く限り、そのような印象を私も持ちます。通常は、あっせんを申請する方法がお薦めです。私が代理人となり、雄也さんの『従業員としての地位確認』を求めて大阪労働局紛争調整委員会へあっせんを申請する方法です」

「あっせんに応じてきますかね」

心配顔の雄也に、北斗は自身の経験を述べる。

「たいていの会社は応じてくださいます。ただ、私の経験上、内容証明郵便を送付して全く何の反応もしてこないケースは滅多にないことです。そう考えると、今回の場合は、あっせん申請書を労働局に提出しても、会社側があっせん自体に難色を示して社長が不参加を表明したため、あっせん手続が打ち切りとなる可能性は十分に考えられます」

「どういう会社でどういう社長かということは、私が一番理解しています」

「団体交渉という手法は法的には応諾義務がありますが、応じてこない場合は労働委員会に申立てをしていくことになります」

そこから考えると……と北斗は続けた。

「今回のケースでは、労働審判を申し立てる方法が一番良いかもしれません。はじめから労働審判の申立書を作成して大阪地裁へ提出するのです」

「地裁？　裁判をするのですか？　裁判はお金と時間がかかるので避けたいのですが……」

「イメージ的には裁判と同じように考えてもらっていいのですが、労働分野には労働審判という特別の審理制度があります。通常の裁判では決着がつくまでに何年もかかってしまいます。けれど、労働審判制度は3回の審理で決着がつくのが特徴です。だいたい3か月で決着しますから、裁判よりも圧倒的に早いわけです」

「労働審判がどんなものか教えていただいてよろしいですか？　とにかく裁判にはしたくないんです。最初に弁護士に相談に行きました。費用の説明を受けて『こんなに時間とお金がかかるんですか?』ということを言ったら、結果的にこちらのNPOを紹介されたという経緯があるものですから」

北斗は労働審判とはどのようなものかについて、説明を試みた。

「労働審判とは、解雇や給料の不払など、事業主と個々の労働者との間の労働関係に関するトラブルを、迅速、適正かつ実効的に解決することが目的とされています。また、労働審判官(裁判官)1人と労働関係に関する専門的な知識と経験を有する労働審判員2人で組織された労働審判委員会が、個別労働紛争を3回以内の期日で審理し、調停による解決に至らない場合には、事案の実情に即した柔軟な解決を図るための労働審判を行うという紛争解決手続です」

「労働審判には、早期に、迅速に終了するというメリットがあることはわかりました。でも、弱点というかデメリットはないのですか?」

「あえていえば……この労働審判制度は結果に対して異議申し立てをされて裁判になる可能性があります。労働審判に対して当事者から異議申立てがあれば、労働審判はその効力を失い、労働審判事件は訴訟に移行します」

「それじゃ、意味がないのではないですか?」

少し気色ばんだ雄也に対して、そんなことはないですよ、と諭すように北斗はホワイトボードに書きながら説明を続けた。

労働審判　↓　地方裁判所　↓　高等裁判所　↓　最高裁判所

「裁判は三審制が採られていて、確定するまでは法的な強制力を持ちません。とはいえ、地裁で判決が出れば、新しい物的証拠や新たな証人が現れない限り、上級審でも同じ結論が維持される可能性が極めて高いです。逆転判決はニュースになるくらいですから。

労働審判は、裁判になる可能性を考慮すれば、裁判の前段階と位置付けられます。ここに書いたように、労働分野だけは、労働審判制度を利用した場合、四審制になるイメージです。とはいえ、労働審判も司法手続きです。裁判官を含めた専門家が下す結論である以上、『裁判をやっても同じことになるぞ』というプレッシャーを会社側にかけることができます。まともな経営者なら専門家の判断に逆らってまで争うことはしません。実際、労働審判の7割は和解という形で解決しています」

恵子も、「うちも労働審判がよかて思う」と言って、ホワイトボートに補足した。

〈権利救済の方法〉
◇内容証明郵便
◇あっせん
◇団体交渉

◇労働審判

「権利救済の方法にはいろいろある。内容証明郵便ば送ったたっちゃ音沙汰がなか。あっせんを申請したたっちゃ拒否する。ユニオンに加入して団体交渉ば申し入れたっちゃ受け付けん。このような手法ば駆使したたっちゃ効果がなか場合に、この労働審判ちゅう制度は有効なんや。日々の生活ばこなしながら、法的手続きに取り組んでいくことはストレス負荷の高か作業ばい。それこそ通常の訴訟になってしもうたら、費やす期間も長うなり、心身ともに疲弊してしまう。そこでこの労働審判ちゅう制度がお勧めなんや」

「では、可能性に賭けてみます」

北斗と恵子の説明を聞いて、雄也は労働審判を選択した。北斗は雄也の意思を確認した。

「解雇が無効だと主張して、職場復帰を狙いますか？」

「いえ、私も辞めてやると啖呵を切った手前、戻るつもりはありませんので、解雇の不当性を主張して金銭解決を求められればと思います」

「わかりました」

北斗はうなずいた。

3　労働審判

ＮＰＯでは労働審判の申立書を送付した。雄也は感心しきりだった。

「裁判所での労働審判申立ては本人申立てと聞いていたんですが、審判申立書などの必要な書類を作成してくださって、助かりました」

その後、解雇撤回を求める労働審判の申立書に対して、会社側は準備書面で反論をしてきた。解雇理由のうち、経営上の必要性、すなわち、整理解雇であることを全面的に打ち出してきたのである。ＮＰＯ側では、雄也に再度のヒアリングをした。

「経営上の理由で解雇する場合には、４つの条件が必要とされています。①人員整理の必要性、②解雇回避努力（希望退職制度、新規採用の抑制、一時帰休など）、③人選基準の合理性、④労働組合・当事者との協議、これら整理解雇の４要件すべてが満たされていなければならないわけです。会社側の主張に対して反論を行うため、細かい状況について再度教えてください」

北斗らは、雄也と何度も打ち合わせをして、会社側の主張を一つずつ論破していく準備書面を作成し、提出し続けた。

第１に、不景気で「人員整理の必要性」があるという会社側の主張に対しては、「人員整理の必要性」は赤字が何年間も続くなど、客観的に見て本当に必要性がある場合にのみ認められるが、そういう事実はないと反論した。さらに、赤字になる前から経営上の都合でクビを切ることは不当と判断している多くの裁判例を証拠資料として提出した。

第2に、新たな取引先との契約が流れたため新規採用を停止したなど、「解雇回避努力」をしたという会社側の主張に対しては、配置転換や退職金を上積みした希望退職を募るなどをしておらず、「解雇回避努力」が十分でないとの反論を行った。

第3に、遅刻やミスが多かったので雄也氏を対象に選んだことには「人選基準の合理性」があるという主張に対しても、雄也氏以外にも遅刻やミスをした者がいるという具体的事実を挙げて反論した。

第4に、「当事者との協議」を行ったという会社側の主張に対しても、協議が行われたのはわずか1回であり、十分とは言えないと反論を行った。

北斗と美里は、労働審判の全3回の期日に同席した。審判廷では随時出入りする雄也の相談に逐一応じて支えた。しかし、最後まで調停は成立しなかった。北斗は苦笑いをした。労働審判の場では裁判官である労働審判官の下で調停（話し合い）の手続きが行われるのだが、これまでの経験では、話し合いでの解決に至らなかったものはほとんどなかった。

そして、3回目の期日に審判が下されることになった。北斗は励ました。

「大丈夫ですよ。雇用継続ができないほどの病気やケガ、能力の低さ、または勤務態度の悪さがあるという場合にはあたらないですし、経営上本当にやむをえない場合とも言えない事例です。頑張ってきちんと主張を行いましたから、会社が行った解雇は違法行為であると認定してもらえるはずです」

雄也は、ドキドキしながら審判が下されるのを待った。書面が読み上げられる。

職場復帰ではなく金銭解決を求めた雄也の主張を、ほぼ認める審判の内容であった。

「とりあえず、勝利ですよ」

「はい。でも、会社側が14日以内に労働審判に対する異議申立をしてくれれば、本裁判に入っていくことになるんですよね」

北斗は雄也を励ますように答えた。

「労働審判の決定を経た上で異議申立をしてくれれば、通常訴訟で白黒つけるしかありません。もちろん、本裁判に至った後も、雄也さん自身による本人訴訟を私たちが後方支援するという方法もあります。しかし、本人訴訟を完遂することに不安があるのであれば、弁護士代理をお勧めします。NPOとしては、弁護士の紹介や訴訟活動の支援はできます。裁判においては、社会保険労務士の資格をもつ私が補佐人となり、弁護士とともに訴訟活動を行うことができます」

雄也は裁判を避けて、なるべく早くて安い方法である労働審判での解決を願っているようだった。

その様子を見て、恵子が続けた。

「労働民事事件は先の見通しが困難ばい。感情的対立もあって先行きが見えんこともある。結果的に裁判になって迅速な解決が図れんこともある。ばってん、そりゃあくまで結果論ばい。まず、社労士に依頼して労働審判による早期解決ば目指したことは間違いではなかったて思う。迅速で経済的な方法やけん。うちの労働ＮＰＯには社労士も弁護士もおる。労働事件に関して社労士ができることは、たくさんある。もちろん、本格的に裁判で争うのであれば弁護士のサポートばお勧めする。その場合には、ＮＰＯに関わっている弁護士に訴訟代理人ば依頼せんか。ＮＰＯが書面作成の支援すりゃ、費用は安うて済むはずばい」

「そうですね。ありがとうございます」

雄也の返事に、恵子は微笑を返して励ますように言った。

「今は、会社側が異議申立をしてくるか、解決の道ば選ぶか、待ってみん?」

雄也はうなずいた。

「はい。相手側がどう出るか。早期解決の可能性に賭けてみます」

14日が経過した。結局、会社側は期間内に異議申立をせず、労働審判は確定した。

「よっしゃー!」

雄也は、小さく雄たけびを上げた。長かった闘いも、ようやく終わりを告げようとしていた。

週末、雄也は奥さんと一緒に、相応の解決金で和解できたことのお礼を言いに来た。

「ありがとうございました。これ、地元の名物です。枚方は〝ひらパー〟で有名で、空に観覧車とか見える和む町です」

お礼にと雄也の地元の枚方名物のくらわんかドーナツを手に持っていた。美里は、ニコニコしながらお皿を用意し始めた。

「お土産のドーナツ、みんなでいただいちゃいましょう。雄也さんもご一緒に」

「今から紅茶を用意するのですが……」

北斗が、嬉しそうに恵子と美里の方を向いて質問をした。

「アールグレイとレディグレイ、どちらにしましょうか」

「じゃ、アールグレイで」

北斗が淹《い》れたてのアールグレイを陶器のポットから注ぐ。恵子は口角を上げてそれをじっと見ながら、とても嬉しそうに言った。

「うち、アールグレイのこのベルガモットの香りがたまらのう好きなんよねー」

美里もドーナツを並べ終えると同じように言った。

「私も、ベルガモットの香りがたまらなく好きなのよねー」

ベルガモットの上品な匂いが香りはじめる。束の間の平穏かもしれない。それでも、狭い籠から解放された瞬間の鳩が、青くて大きな空を目指すように、長かった闘いからも、緊迫した時間と空間からも、解き放たれた瞬間がここにはあった。

第6章　内定取消と法的根拠

1　入社直前の内定取消

「おはようございます。あら、いい香り。朝のコーヒーは北斗さんのルーティンですね」

NPO事務所に来るや否や、美里は、クンクンとしながら朝の挨拶をした。

「よか香りやろ。コーヒーくらいはゆっくり飲ませてあげんしゃい。コーヒーを飲んでいる時間くらいは代わりに電話に出ちゃろうて思う」

朝のコーヒーは北斗の日課になっており、えも言われぬ香りが事務所を包んでいた。「よし、やるぞ」と、美里も腕まくりをした。

電話が鳴った。応答した恵子は相手がみんながよく知る人物だとわかるとすぐに電話をスピーカーモードに切り替えた。電話の主はユニオン委員長のノロシーだ。

「ちょっと教えて欲しいんだけど」

「どげんしたと?」

「何が何だかわけが分からない相談が来たんだ。ボクは相談員養成講座を受けて、本を読んで勉強しただけだから。それで、北斗さんや恵子さんだったら分かるかなって思って」

「どげん内容?」

「身元保証人が用意できなくて内定を取り消されたという相談なんだ。今までボクが受けた相談でも初めてのケースだから」

「少し調べてから折り返すね」

恵子は、六法全書やコンメンタール(条文逐条解説)などを広げて調査検討をしてから、電話を折り返した。

「うん、身元保証は問題ばいね。大正時代にできた身元保証法ちゅう法律が根拠なんや。ただ、身元保証法がどの範囲で有効かについて、多くの人は法律の趣旨や効力については誤解したまま、今の身元保証の運用がされとーて思う」

はじめて聞く話だけど、将来、就職をする自分にとっても他人事ではない。美里は尋ねた。

「あのー、就職するには身元保証人が必要なんですか?」

「会社によるばってん、必要なところは多かて思う」

その日の午後、NPO事務所の電話が鳴った。北斗が俊敏に反応した。

「もしもし、労働相談ですね。え、内定が取り消された。はい、はい……。身元保証人がみつからなくて?」

北斗がヒアリングをして、労働相談フォーマットに入力をしている。なんか、朝とよく似た話だ。内定取消が流行っているのかと、美里は思った。

「わかりました。事務所でゆっくり聞きますので」

北斗がホワイトボードの予定表に書き入れるのを見て、美里も自分の手帳に書き入れた。

「今日の夕方、面談相談が入ったんですね」

「そうなんだ。早い方がいいと思って。とりあえずお会いして、話を聞いてみよう」

ホワイトボードに書かれた労働相談の開始予定時刻を北斗は指さした。もうすぐだ。美里は相談内容を確認し始めた。

【職　　種】金属系会社
【企業規模】大手企業
【性　　別】男性1名、女性1名
【年　　齢】ともに20歳代
【雇用形態】正社員になるはずが内定取消
【勤　　続】0年

【地　域】大阪（関西）
【相談方法】電話相談→面談相談を希望
【問題分類】内定取消（身元保証人がみつけられなかったことが理由）

予定通りに相談者の2人がやってきた。背がすらっとした男性と目の澄んだ女性の相談者で、ともに二十代だ。

「私たち同じ大学の仲良しなんです。2人ともアルバイトしながら大学をなんとか卒業したんです。同じ会社に就職できて良かったねって……」

「4月からは会社で働けると喜んでいました。祖国の母も『祝賀你找到了好工作！』、就職おめでとうと。それが……」

美里は、2人からの聞き取りをまとめた。

＊

陳夢さん（20代男性）と間座さん（20代女性）は、同じ大学の仲良し。一緒に就職活動をして、2人ともめでたく、ある金属系会社の内定を勝ち取りました。そして、大学卒業に必要な単位も2人とも無事に取得しました。

ところが、陳夢さんも間座さんも、会社が要求する「複数の身元保証人」を用意できなかったことを理由に、直前になって内定が取り消されてしまいました。2人は、内定を得ていた会社に就職できず、大学卒業と同時に無職になることになってしまったのです。

陳夢さんと間座さんは、慌てて労働相談に電話をかけまくり、労働NPOとつながりました。

新卒で就職の内定が決まった2人が、4月1日の入社日までに複数の身元保証人を用意することという条件を満たせなかったために、直前になって内定が取り消され、入社を拒否された案件です。

＊

北斗は美里のまとめを読み上げて、ここまでの内容に間違いがないかを確認した。

「そうです」「間違いないです」と2人がうなずくのを見て、北斗は追加の質問をした。

「なぜ、4月1日の入社日までに複数の身元保証人を用意することができなかったのか、理由を教えていただけないでしょうか」

陳夢は、ときどきスマホで祖国の家族の写真を見ながら話した。

「単位を取って卒業をしないと内定が取消しになるということを聞いた。必死で勉強頑張りました。単位は取れて卒業できることになりました。それが、親は外国人だから身元保証人になれないということになって……。知り合いに身元保証人になってくれる方もいなくて……」

北斗は、わかりましたとうなずくようにしてから、間座にも同じ質問した。

「私も大学時代はアルバイトに明け暮れました。母子家庭で学費の捻出と下宿代を含めた生活費を稼ぐためです。勉強も頑張って単位を取得し、内定もいただきました。けれど、母以外に親戚がいないんです。シングルマザーなので、父親方の親戚ははじめからおらず、母は私を生むときに家を勘当されていて、母方の親戚とは音信不通で付き合いはありません。同居の親族以外の身元保証人を要求されても、知り合いに身元保証人になってくれる方もいなくて……」

間座が眼鏡を外した。と、次の瞬間に涙が滴り落ちてきた。美里は、北斗をちょっと睨んだ。少し時間を置いてから、声をかけながらハンカチを間座に渡した。

「これまで頑張りすぎてきたんだから、心と身体を今は休めてください」

間座はしばらく、涙を拭きながら気持ちを整理しているようだった。

外国出身と母子家庭というバックボーンを抱えながら生きてきた2人。新社会人になれる扉が開かれたかに思えたのも束の間、過酷な現実を前にして、張り詰めていた心の堤防が決壊したかのようだ。陳夢は赤い目をしたまま一点を凝視し続けており、間座は瞳から滴り続けるものを拭うことも出来ず泣き続けていた。

2 ノロシーの「出張」サービス

傍らで聞いていた恵子が、少し怒ったような顔で疑問を呈した。

「母子家庭などの家柄や国籍による一種の差別のような側面もあるんやなかと？　うちゃ、本人の能力とは関係のなかところで、家柄や国籍に対する違った側面からの差別が行われてしもうとーて思えてならん」

相談スペースで美里とともに相談者と向き合っていた北斗は、そうだね、と小さく呟いてから相談者の2人に語り掛けた。

「日本では就職の際、身元保証人を必要とすることが慣例として行われています。会社や業界によっては、『複数』の身元保証人が要請される場合や、『同居の親族以外』の身元保証人を要求するケースも見受けられます」

「はい。身元保証人を見つけられなかった私たちに落ち度があることもわかっています」

間座が顔をあげてこちらを見た。その顔はやはり、生気がないようにも思えた。

「就職時に身元保証人を必要とすることが慣例であるとしても……」

北斗は一瞬、言葉に詰まった。そして続けた。

「とりわけ、今回の事例がまさにそうなのですが、陳夢さんのように外国人留学生が日本で就職する場合や、間座さんのように親戚付き合いがない母子家庭で育った学生の場合には、そのような身元保証人を見つけること自体が困難であったりします。内定を得てもなお、出自によって就職自体に困難をきたしてしまうのは、不条理だと私は考えます」

「どうすれば……。私たち、これからどうしたらいいのかわからなくて相談に行きました」

北斗は、泣き寝入りしないで打って出ることを勧めた。

「内定取消には合理的な理由が必要です。採用内定によって、企業と内定者の間に『解約権留保付労働契約』が成立しています。内定取消は、法的には労働契約の解約、すなわち解雇にあたるので、解雇権濫用法理によって、客観的合理性と社会的相当性がなければ法的に無効となります。これから取ることのできる方法がいくつかあります。まず、権利救済を求めていく決意をしてもらいたいのです。取るべき方法ですが、組合に入って一緒に解決しませんか」

「組合ですか」

「もちろん簡単ではないと思いますが、団体交渉で社会問題として取り上げれば、会社は誠実に対応してくれると思います。マスコミにプレスリリースを出すことも出来ますし、会社としてはお二人の出身大学との関係もあります。大手企業ですから対面を保とうとするはずです。一緒に交渉してみませんか」

間座は不安と疑心暗鬼の入り混じったような表情で北斗の顔を見ていたが、しばらくしてポツリと言った。

「私は、組合事務所の雰囲気が苦手です」

間座は組合事務所に行くのを不安がった。陳夢は、間座さんが了解するなら、という返事だった。

北斗は、なぜ組合事務所の雰囲気が苦手で不安なのかは聞かずに、代わりに、このＮＰＯ事務所だと平気かを聞いた。間座はコクリとうなずく。

「よし、ノロシーを呼ぼう」

北斗はそう言って、その場でノロシーに電話をかけた。

「ちょっと頼みがあるんだけど、こちらまで組合加入申込書を持ってきてくれないかな？　ノロシーが朝に相談してくれた身元保証絡みの内定取消案件の相談者がこちらにいらしたんだ。来てもらえると助かる」

ＮＰＯからの電話連絡を受けて、ノロシーはユニオンの事務所からＮＰＯ事務所に「出張」をすることになった。

「う〜む。ユニオンも相談者を待つ時代ではなくなったということなのかな」

ノロシーは、ちょっとＮＰＯにライバル意識を持っているかのように、「労働ＮＰＯの方に相談が多いみたいだなぁ」と口をとがらせて呟いた。

それにしても、とノロシーは考えた。

「『朝に相談してくれた案件の相談者がこちらにいらしたんだ』とは、なんのことだろう？……わかった、さては両方に相談したな〜」

ノロシーは一瞬で理解し、そして機嫌を直した。

「なんだかんだ言ってもユニオンも必要だよなー。結局このボクは頼られているわけだ。団体交渉ができるのはユニオンだけだもんね」

ＮＰＯ事務所にノロシーが到着した。

「やあ、ようこそ。自己紹介させてください。姓は野呂、名は思惟。みんなはボクのことをノロシーと呼びます。たったいま、出張サービスのご依頼を受けてやってきました」

「ノロシーさんはユニオンで委員長をされているんですよ」

お茶を出す際に、美里が他己紹介をする。ノロシーは、美里から出されたお茶を相談者より先に美味しそうに飲んだ。

「お2人はボクのところにも相談してくれたんだよね。そのあと、NPOさんにも相談して。で、つながっちゃったと」

ノロシーはユニオンの冊子を手渡して、コミュニティ・ユニオンがどういうものなのかを一通り説明した。間座が打ち解けたように話す。

「私たちはいろんなところに相談したんです。東京の労働NPOにも、ユニオンにも、労働基準監督署にも相談しました。いろいろな意見を聞いたほうが客観的に判断できるかなと思って。それで、一番敷居が低そうなここ、大阪の労働NPOさんに面談を申し込むことにしたわけです。私たち貧乏なので無料相談はありがたかったです」

陳夢が質問する。

「ユニオンへの電話相談は、間座さんがしてくれました。私も直接質問していいですか?」

「おお。ボクの知識がお役に立つのなら喜んで」

「私たちのケースで、内定取消は認められますか?」

「解約権留保付きの労働契約といいまして……要するに、内定を出した時点で会社と個人の契約が成立しています。働き始めるのが4月からというだけなんだ。だから、内定取消は原則的には解雇と同じ。解雇権濫用法理がそのまま適用されちゃうんだ」

「でも、解約権が留保されているので解約されたのではないですか?」

「うん。内定切りは普通の解雇よりはラクにできてしまう。けれど、やはり特別な場合に限ってなんだ。働き始めるまでに卒業できなかった場合などは、合法的に『内定切り』できる。内定を出した段階では分からない事情が発覚した時に、はじめてクビにできるんだ」

「内定の段階でもですか?」

「内定だからと諦める必要は全くない。実際にまだ働いていないから、普通の解雇ほどではないけど、賠償金を払うことなどで補償している例もあります。内定取消が無効だとして社員として働く地位があることを求めることもできます」

間座はなるほどというように聞いていたが、陳夢は神妙な顔つきでいる。

「勇気を出して行動を起こすことも大切だと思うよ。その行動こそがあなたのみならず、日本で働く全ての労働者を救うことになるのだから。コミュニティ・ユニオンに加入すれば、組織を後ろ盾として団体交渉を会社と行うことができるんだ。一人では弱いし知識もないでしょ。労働者個人で労働条件の改善を要求したところで、はじめから経営者と対等とはいえない関係にあるので、聞き入れてもらえないことも多いからね」

「ユニオンに入れば、団体交渉ってやつができるんですね。……では、お世話になります」

間座が決意すると、陳夢も納得したようにうなずき、2人は揃って頭を下げた。

「それでは、ここに住所と名前を書いてください。携帯番号もお願いします」

「はい、わかりました」

間座は、今日初めての笑顔を見せ、2人は組合加入申込書を引き寄せて書き始めた。2人が組合加入申込用紙を書き終わると、北斗は、間座と陳夢にこれからの流れを説明した。

「それではがんばりましょう」

「はい、がんばります。ありがとうございました」

2人は、事務所に入ってきた時よりも明るい表情で、礼儀正しく頭を下げると部屋を出て行った。

3　団体交渉

団交当日。待ち合わせ場所には当事者2人と北斗、恵子のほかに、雇止めの件で関係のできた矢作が、交渉には参加しないものの駆けつけてくれた。間座は、自分を助けるために集まってくれたことをみんなに感謝した。陳夢も感謝を述べつつ、不安そうに呟いた。

「美里さんやノロシーさんは参加してくださらないのですか……?」

美里はNPOの事務局で労働相談を担当しており、ノロシーはうつ病であるため交渉などは精神的負担になる可能性があることを北斗が説明した。

指定された会場に入り、挨拶、名刺交換、ユニオン側の4名の出席者を紹介する。会社側も自己紹介を始める。専務取締役、人事部長、経理担当者の3名が会社側の出席者だ。

団体交渉が始まった。北斗が当事者の2人に、なぜ、NPOの紹介を通じてユニオンに加入し、団体交渉を申し込んだのか、その思いを自分の言葉で会社に伝えるように促した。間座が話し始めた。

「この会社が大好きで、入りたくてたまらなくて、応募して試験と面接を経て、ありがたいことに内定を出していただきました。それからは嬉しくて幸せな毎日で、母も大喜びで、勉強もアルバイトもモチベーションが上がって頑張れました。私は、母子家庭なので期日までに身元保証人を準備できませんでしたが、悪いことは何もしていないはずです。途方に暮れてNPOに相談したところ、話し合いの場を設定してもらえる方法があることを知りました。そこで、紹介されてユニオンに入って、団体交渉をすることになりました。取り消しを撤回していただければ頑張って働きますので、どうかよろしくお願いいたします」

間座はシンプルだが情熱のこもった言葉で思いを伝えた。次に陳夢も続いた。

「私も同じです。好きな会社で間座さんと一緒に働けるのが嬉しくてたまらなかったです。祖国の家族も大喜びでした。それが取り消されて寂しいことになりましたが、働きたい思いは何も変わっていないです。一生懸命働きますので、よろしくお願いいたします」

北斗が、当事者2人の言葉を引き継いだ。

「本件では、内定取消の撤回を主な議題とさせていただきます」

北斗は会議室のテーブルに六法全書を開いた。交渉が開始された。恵子はノートパソコンで議事録を作成していった。

第1回団体交渉議事録

組合　採用内定の時点で内定者と企業の間に労働契約が成立すると解されています。内定を出したということは、雇用契約が存在したということです。

大学生でいえば3年次から4年次にかけて就職活動をして採用選考を受け、4年次の春以降に採用決定の通知を内定として口頭等で受け、10月に文書による正式な採用内定通知がなされ、入社に関する誓約書などを提出するといった一連のプロセスをたどる採用の場合、採用内定の法的性格は「解約権留保付労働契約」であるとする考え方が判例上確立しています（最判昭54・7・20　大日本印刷事件）。陳夢さんと間座さんの内定取消の撤回を求めます。

会社　労働契約が成立しているといっても、実際に就労するのは（新卒者の場合）卒業後の4月からということで、学校を卒業できなかった場合など、やむを得ない場合には内定を取り消すことがある旨、内定通知で示しています。

今回は、約束の期日までに条件を満たせなかったので、労働契約の「解約権」を行使して、内定取り消しをさせていただいたというわけです。お2人は優秀で人事部ではぜひ採用したいと高く評価していたのですが、期日を守れなかったことから、やむを得ず……。法的にも問題はないと考えています。

組合　採用内定の取消しは、法的には労働契約の解約、すなわち解雇にあたるので、解雇権濫用法理（労働契約法16条）によって、客観的合理性と社会的相当性の2つがなければ法的に無効となります。解約権（内定取消権）を濫用することは労契法16条によって否定されるということです。

会社　2人は、4月1日の入社日までに「複数の身元保証人を用意すること」という条件を満たせなかったために、内定を取り消させていただきました。きちんとした理由があります。

組合　具体的にどのような事情があれば内定取消しが認められるのかについて、判例は、「採用内定の取消事由は、採用内定当時知ることができず、また知ることが期待できないような事実であって、これを理由として取り消すことが解約権留保の趣旨、目的に照らして、客観的に合理的で社会通念上相当として是認できるものに限られる」（大日本印刷事件）と述べています。具体的な事実に即して解約権濫用の有無が判断されることになりますが、一般的には、新卒者の場合の成績不良による卒業延期、健康状態の（業務に堪えられないほどの）著しい悪化、（重要な経歴詐称など）重大な虚偽申告の判明といったケースであれば、内定取消しに合理性・相当性が認められることが多いといえます。本件についてはそれらにあてはまらず、内定取消しに合理性・相当性は認められないと考えます。

会社　いや、当社は身元保証人を重要視しています。入社手続きの書類にも、条件を満たさないと内定を取り消す旨が規定されています。にもかかわらず、間座さんは期日までに身元保証書を提出できなかった。陳夢さんについては、会社が要求する身元保証書の要件を満たしていなかった。海外在住の両親や知人は、身元保証人として認めていません。形式的に見て、両名の内定を取り消すのが社内ルールなのです。

組合　間座さんは母子家庭で親戚がおらず、身元保証人になってくれる人を探すのに時間がかかりました。期日までに提出できなかったのは事実ですが、内定を取消されるほどの合理的理由があるとは考えられません。しかもその後、身元保証人を引き受けてくれる人が見つかっています。

陳夢さんについては、留学生として日本に来て、日本で就職することになったわけです。現在も外国籍です。貴社では入社の際に日本国内在住の身元保証書の提出を社員に求めていますが、外国籍社員の場合、海外在住の両親を身元保証人として認めない理由を教えてください。

会社　間座さんについては、身元保証人を引き受けてくれる人が見つかったことはわかりました。陳夢さんについては、海外取引も多い我が社の性質上、高度な専門人材として国籍を問わずに優秀な人材が必要という判断に変わりはありませんが、海外在住の方は身元保証人として認めていません。海外在住の方の場合、会社から連絡が取りづらく、他国なので身元保証書の効力があるのかどうかも疑問です。

組合　海外在住の両親を身元保証人として認めないのであれば、外国人の身元保証は現実的には不可能ではないでしょうか。陳夢さんでいうと、日本に在住してまだ4年しか経っていない。日本に親戚もいない。知人も少ない。これでは、身元保証人を立てることは困難です。その点に対する配慮はないのですか。貴社は身元保証契約を重要視していますが、当該契約をどのようなものだとお考えですか。趣旨・目的を教えてください。

会社　身元保証とは、従業員の行為によって会社に損害が生じたときに、身元保証人がその損害を賠償するものだと考えています。そのために、複数の身元保証人を用意してもらっています。会社への損害は、一定期間を経過してから明るみになるということは珍しくありません。面接を経て内定を出したとはいえ、氏素性がわからない部分も残ります。外国人社員が企業へ多大な損害を与えた場合、会社がその損害を把握する前に日本を出国することも考えられます。会社の機密性など業務内容等総合的に勘案した結果です。ご理解ください。

組合　その身元保証の考え方は、法律からは導き出せませんよ。「身元保証に関する法律」は、昭和八年の勅令によるものです。身元保証人の責任は、保証契約の時点での状態の範囲に限られます。新卒者なら、入社時の業務、責任、勤務地の範囲に変更があった場合は、保証人に遅滞なく通知しなければ責任を問えなくなります。しかも、通知された保証人はそれ以後の契約を解除できることになっています。期間も定めない場合は、保証は3年間です。新入社員の場合、3年もの間、職務内容、責任、権限などが入社時のままということはないでしょう。そのつど保証人に変更内容を通知しているなど、あまり聞いたことがありません。

身元保証人の方にも保証行為能力の変化もありうることを考えると、身元保証書の効果は極めて限定的です。ちなみにこの保証人は、民法上の保証人（第４４６条）とは全く関係のない別物です。

「身元保証に関する法律」の6条には、「本法の規定に反する特約にして身元保証人に不利益なるものはすべて無効とす」る旨が規定されています。ですから、身元保証契約の趣旨や効力を履き違えて異常に高いハードルを設定し、それにそぐわないからといってなされた本件の内定取消しに、合理性・相当性は認められないと考えます。

会社　えっ、ちょっと……。次回までに専門家に相談したうえで、回答させていただきます。

4　そして採用へ

第2回団体交渉は、2週間後に設定された。

「相手の会社が解決ば急いどーんかなあ」

「こちらの事情にも配慮してくれている。内定取消を撤回して入社させてくれる可能性もあるかもね」

恵子と北斗とが話しているうちに、当事者の2人が到着した。第1回交渉の分析検討と第2回交渉の打合せをするためである。この検討会には美里も参加させてもらえることになった。

第1回交渉の議事録を見ながら、北斗が口火を切った。

「会社側はお2人を採用したかったが、期日までに身元保証人を用意できなかったので、会社のルールに則り、内定を取り消したとのことでした」

「ただ、交渉では、本来の身元保証法の趣旨とは全く異なった理解ば会社側がされとったたごて思う」

「法律の趣旨を誤解・曲解されていたということですか」

美里の質問に恵子はうなずき、続けた。

「こげん会社が他にもあるんやなかか、正しか法解釈に反する用いられ方が蔓延しとーんやなかかと危惧ば抱く」

間座が困惑した表情で聞いてきた。

「それで、これから私たちはどうなるのでしょうか」

北斗は当事者2人の方を向いて、意思を確認するようにゆっくりとした話し方に変えた。

「これからの方向性は2通りあります。一つは、会社への入社をあくまで求めて交渉をしていく方法。もう一つは、内定取消しの事案は一般の解雇の事案と異なりまだ入社前でもあります。ですから、他社への就職活動と並行して、話し合いによって和解で金銭的解決を目指す方向も考えられます。内定取消しが違法で損害を受けたことを理由として、不法行為に基づく損害賠償請求を求める方法です」

「あくまで会社へ入社したいです。入社できたら、わだかまりなく働けます」

「私もです」

間座と陳夢は即答した。

北斗は、同じ質問を形を変えて繰り返していた。

（そうか。ああやって、意思確認を念入りにしているんだな）

美里はメモに書き込んだ。

＊

本件では、会社側との交渉を踏まえて、当事者2人と、どのような解決を望むか、何回も時間をかけて話し合いが行われました。陳夢さんと間座さんは、何としてもこの会社で働きたいという強い意思を持っていました。初志貫徹。すごいぞ。

それから、北斗さんは「会社側の専務が当事者2人に好感を持ってくれているので、ひょっとすればひょっとするぞ」と私にだけこっそり囁く。なんでそんなことがわかるの？

＊

そして、第2回交渉の日がやってきた。双方ともに同じメンバーが出席した。

「今回は、解決に向けて話を詰めていければと思います」

北斗は期待を込めてそう言い、交渉が始まった。

第2回団体交渉議事録
会社　顧問弁護士や顧問社労士と相談した結果、組合さんが仰っていたことが正しいことが分かりました。身元保証契約の効果は限定的であることがよく分かりました。民法上の保証人とも全く別のものなのですね。同じような効果があるのかと誤解していました。

組合　身元保証により回収できる損害は相当な制限がありますので、たとえ身元保証人がいたとしても、単に損害をすべて背負ってくれるものではありません。当然会社が管理すべき責任を超える部分のみ、訴訟等の厳しいハードルを潜り抜けた末に、補てん出来る部分があるという程度に限定的だとお考えいただくのが良いと思います。ちなみに欧米では、レファレンス（法的効果のない参考的推薦状みたいなもの）の提出どまりだと思います。

身元保証契約の効果は限定的で、採用された者の適格性を保証するという側面もあるのかもしれませんが、現実的には、本人の自己宣誓書＋αの効能であることが多いように思います。

会社　身元保証書の意義、有効性を社内でも検討していきたいと思います。高度な専門人材として国籍を問わずに優秀な人材が必要とは考えているのですが。効果が限定的であれば、自己誓約書であっても大差がなさそうですので社内で検討いたします。

組合　結論として、本件の内定取消しに合理性・相当性は認められず、法的には無効となると考えます。組合として、採用内定取り消しの撤回を求めます。本件について、貴社はいかなる対応をされるおつもりでしょうか。お聞かせ願います。

会社　再度検討しました。解決策を社内で協議しましたので提案をさせていただきます。

お2人は当社で働きたいという希望をなお有しておられるでしょうか。そうであれば、謝罪とともに、当事者2名に対する内定取消の撤回を行いたいと思います。そして、少し入社が遅れた分の給料は補償させていただきます。

その言葉を聞いて、陳夢と間座は感涙した。

「ぜひ働きたいです」

「私もです」

これ以降、恵子はノートパソコンで議事録を作成する仕事をしばし忘れてしまった。目の前の風景がにじみ、熱いものが込み上げてきた。

北斗は、会社側の出席者一人ひとりに丁寧にお礼を言い、握手を求めた。

NPO事務所に戻って、報告を受けた美里は驚きの表情を見せた。

「えっ、無事に働けるようになったんですか！」

和解合意者が作成、締結され、合意内容として会社側が提案した内容が記された。文書を送付した結果、陳夢と間座は無事、新入社員として働けることになり、本件は完全勝利を果たすことができた。


後日、NPO事務所に手紙が届けられた。美里はメールではなく直筆で手紙をもらえたことに感動して言った。

「直筆のお礼状ですよ。これから頑張ってほしいですね」

恵子も、2人からの手紙が1通の便箋に入って届けられたことが嬉しそうだった。

「あの2人は仲が良かとやなあ。このお手紙は、なんか、形式ばった文章よりも心が伝わってよか感じがする」

北斗も、文章の内容や文体に心が動かされたようであった。

「一生懸命生きている人にしか書けない文章だと思いますよ。なんだか、素敵で詩的ですね」

みなさんへ

ありがとうございました。私は母子家庭で生まれ育ちました。母が去年救急車で運ばれたとき、独りぼっちになるのだろうかと、お見舞いに行った病室で天井を仰ぎながら泣いていました。内定をもらった会社で働けなくなって、ひどく落ち込みました。自分が分からなくて空っぽに感じる自分。生きる気力がなくなっていた私にすごくたくさん励ましてくれた。「これまで頑張りすぎてきたんだから、心と身体を今は休めてください」と言われて自然に涙が出てた。響く励まし。涙が止まらなくなった。

私も、まだ死ねない！　ＮＰＯの人たちって才能あるのに、なんでこんなにもがき苦しむ人の気持ちが分かるんやろ。救われました。ありがとう。これからも一生懸命に生きていきます。

間座より

みなさんへ
ありがとうございます。頑張るほどに終わりが見えなくて心が疲れていたみたいです。色々な感情を伴って、ひとりで空を見上げて、泣いたりしていました。無様でも生きていく！　あきらめかけていてダメ元でかけあってみた。頑張れじゃなくて、心の痛みを汲み取りつつ、人生に希望を見せてくれる、みなさんは天才すぎます。こんな最高な景色が付いてくるなんて。この綺麗な青い空やカラフルな風も、今を生きてなければ見られなかった景色だと思うと、みなさんを信じて、自分を信じて、切り開いた道はきっと間違いではなかったような気がします。人生、これからだって楽しみになります。だからまだこれからも頑張れます。祖国のみなさんも、日本の友人も、見ていてください！
陳夢より

第7章　外国人労働者の悲哀

1　悪魔のシステム

事務所の電話が鳴った。

「はい。労働NPOです」

明るい声で北斗が答えた。しかし、そのトーンはすぐに深刻になっていく。

「ええ、相談は何時でも受け付けております……、はい、それはひどいですね……。そのことがわかる資料などはありますか？　わかりました。今週の日曜日、14時でご都合はいかがでしょうか。会社に提出した履歴書や雇用契約書、給与明細を持参していただけますか。それ以外にも、なるべく客観的な資料をできるだけ持ってきてください。では、日曜日にお待ちしております」

北斗は静かに受話器を置くと、美里の方に顔を向けて案件の情報共有をした。

「美里さん。かつての相談者からの紹介なのですが、ベトナム人の方らしいですよ。雇止めをされて、ウソの離職票を作成されてしまっていたそうです」

一瞬にして空気が張り詰めたように美里には思えた。それを解きほぐすかのように恵子が朗らかに言った。

「この前は中国人の方からの労働相談、今回はベトナム人の方からの労働相談。うちのＮＰＯもグローバルになってきとーね」

かつての相談者に連れられて、今回の事案の当事者が事務所にやってきた。

「北斗ちゃん、お久しぶり〜。以前お世話になった飛田よ。その折はお世話になりました。あたしの知り合いが困ったことになって。ほら、渡る世間は少数者に冷たいところがあるじゃない。で、みんなで助けてあげてほしいのよ」

飛田は、北斗と美里の顔を見ながら訴えるように話し続けていたが、横に座っている男性にちらっと目をやった。

「この人がフォンさんよ。ベトナム人で、ホント真面目。大学時代に留学で日本に来て、そのままこちらで働いているんだけど。無遅刻無欠勤で、いつも朝早くに出勤していることは、同僚の方も認めてくれているみたい」

北斗は、電話相談の際に記述したフォーマットの記載に目をやった。

【職　種】貿易事務

【企業規模】中小企業
【性　別】男性
【年　齢】25歳
【雇用形態】非正規社員
【勤　続】3年
【地　域】兵庫（関西）
【相談方法】電話相談→面談相談を希望
【問題分類】雇止め。ウソの離職票を作成されていた（失業保険が受給できていない）

「雇止めにされてしまったんですね」

「そうなのよ。あたし、自分のことのように悔しくて」

「少し、ご本人から詳しい事情をお伺いしてもよろしいでしょうか」

フォンは少したどたどしい日本語で、自分の言葉で状況を説明し始めた。

「自分はフォンと言います。3年目の年末に、『会社が経営不振になったので、12月末で辞めてほしい』と言われてしまいました。納得できなかったですが、仕方がないので、辞めることになりました。ところが、離職票がウソで作成されていたので、仕事を辞めてもお金がなくなりました。こうして困っているのです」

北斗は、ちょっと待ってください、と言ってフォンの話を制止した。

「えっと、離職票がウソで作成されていた……？　どういうことでしょうか。あと、持参していただくお願いをした履歴書や雇用契約書、給与明細を見せていただけますか」

北斗は各種書類と照らし合わせながら、改めてヒアリングをし始めた。途中、美里が不思議そうに口を挟んだ。

「在職中、有給休暇を1日も取らなかったそうですが、5日間は強制取得のはずです。そのほかにも何か、取れない理由があったのでしょうか。就業規則にはどのように規定されていたのでしょうか。有給休暇が取得できない職場環境であったような気がしてなりません」

フォンは掌を上にして両手を左右に広げるジェスチャーをした。

「就業規則は今までみたことがないですし、どこにあるかわからないです。自分から有給をとったことがないのはホントです。『有給は1か月前に申請すること』というルールがあると聞かされました」

「1か月前に申告する、というルールがある？　それが本当なら、休みの日はとりにくいですよね」

「休みの日は鶏肉《とりにく》ですか？」

「いいえ、1か月も前に申請しないといけないのであれば、事実上、休めないということです」

「はい。就業規則にもそう規定されていると聞かされました」

「ホントに？」

「自分はウソつかないです。まだ私が辞めさせられた貿易会社で働いているフィリピン人の友人がいるのです。就業規則をデータしていたので有給休暇の部分をスマホで撮影して送ってもらえるようにお願いしてみます」

しばらくして、フォンが辞めさせられた貿易会社で働いているフィリピン人の友人から、就業規則の有給休暇の規定部分をスマホで撮影した写真が北斗たちに転送されてきた。

就業規則　第16条（年次有給休暇）

1　採用の日より6か月間継続勤務し、所定労働日の8割以上出勤した従業員に対して、6か月を超えた日（これを応答日とする）に10日の年次有給休暇を与える。

2　前項以降の年次有給休暇の付与日数は次のとおりとする。ただし、付与の条件は応答日前日までの過去1年における所定労働日の出勤率が8割以上であることを要する。

3　年次有給休暇は、特別の理由がない限り少なくとも1か月前までに、所定の手続により届けなければならない。ただし、業務の都合によりやむを得ない場合は、指定した日を変更することがある。

「『年次有給休暇は、特別の理由がない限り少なくとも1か月前までに、所定の手続により届けなければならない』。なんだこれ、有給取得に対する嫌がらせのような規定じゃないですか」

美里が素っ頓狂な声を上げた。

「ちょっとひどいよね。外国人が多い職場だと聞いたけれども、他の日本の従業員は文句を言わないのだろうか。フォンさん自身は就業規則を見たこともなく、自分から有給をとったこともないんですよね。それどころか、就業規則に不合理な規定があります」

北斗は、改めてヒアリングを続けた。美里は、フォンの回答をまとめていくことにした。

＊

フォンさんは留学生として経営学を研究していました。卒業後、神戸市内のアパレル系貿易商社に入社し、貿易事務の非正規社員として働き始めました。

無遅刻・無欠勤で、有給休暇も1日も取得せずに働き続けました。ちなみに、就業規則には年休の取得を妨げるような合理性がない規定があります。フォンさんは「有給休暇所得簿」を見たことはありません。

しかし、3年目の年の瀬に、本社の経理担当者に会議室まで呼ばれ、「会社が経営不振になったので、12月末で辞めてほしい」と言われてしまいます。フォンさんは納得できなかったですが、仕方がないので辞めることになりました。12月末まで同社で働きました。解雇予告手当も支払われませんでした。

フォンさんは日本の労働法についてあまり詳しく知りませんでした。日本の雇用保険などについても全く知りませんでした。退職する際、離職票について会社からは何も説明されませんでした。

その後、部屋の片付け中に離職票の入っている封筒を開けてみたら、離職票の退職理由の欄に「本人希望により」と書かれていました（明らかな会社都合なのに）。

さらに驚いたことには、離職票の署名が他人のものでした。離職票にはフォンさんの署名が必要なのに、本人ではない人が勝手に署名をしていたわけです。

フォンさんは、この離職票を知り合いである飛田さんに見せたところ、失業保険のことを教えてくれました。あわててハローワークに行き、アドバイスを受けて、会社に離職票の書き直しをお願いしましたが、会社に拒否されました。

その後、飛田さんの紹介で、一緒にＮＰＯに相談にきたというわけです。

＊

北斗は、美里が書いたまとめを見ながら、右手の親指を顎《あご》の下に持っていって話した。

「う～む。一言でいえば、外国人である非正規労働者に対して不当な権利侵害がされた事案になるのでしょうが……。無理やり辞めさせられたうえ、離職票には本人ではない人が勝手に署名をしていた。確かにひどいですね」

「ひどいです」

「そもそも辞めることに対して真摯に同意していたとは思えないんだけど……。退職届は書いたのかな？」

「いえ、書いてない」

「口頭で辞めることを承諾していたとしても、これだと自己都合退職の扱いにされてしまっているよね」

「自己都合退職って何ですか?」

悲しいことに、フォン自身は自分に対してなされた権利侵害に対して無自覚のようだった。北斗は説明を始めた。

2 自己都合退職と会社都合退職

「退職には2つのパターンがあります。社員が自分の都合で辞める『自己都合』退職と、会社の都合で辞めさせられる『会社都合』退職です。『会社都合』で辞めれば、7日後には失業給付をもらえるなど手厚い保障が待っています。しかも、もらえる期間が長いことが多いです。これに対して、『自己都合』で辞めてしまえば1年以上働いていなければもらえず、1年以上働いていた場合でも、失業給付はおよそ2か月後からとかなり遅くなり、この期間内に転職が決まれば1円も支給されないことになります。さらには『会社都合』で辞める場合につく解雇予告手当(約1か月の給与分)ももらえません」

フォンは驚いた。

「辞め方によって失業保険の金額に大きく差がつく……。もらえないこともあるということですか？」

北斗はうなずいて、説明を続けた。

「日本では、会社の都合で社員を辞めさせる場合でも、『自己都合』で辞めさせようとする会社が見受けられます。でも、『自己都合』で辞めてしまうと、雇用保険の支給において、圧倒的に不利になってしまうんです」

「『会社都合』だとどのくらいトクをして、『自己都合』だとどのくらい損をするのかしら」

飛田が具体例を促した。

「月給30万円の人を例にとると、まず、労働基準法では解雇、つまり『会社都合』の退職であれば、1か月前の予告か解雇予告手当の支払いを義務づけています。これが自分から辞める場合には適用されない。これで約1か月の給与分30万円です。また、自分から辞めてしまった場合には『自己都合』の退職になってしまうため、雇用保険で保障されている失業給付でも損をします。『会社都合』退職の場合には、すぐそのときから雇用保険から失業給付金が支給されますが、『自己都合』で辞めてしまえば2か月間の給付制限がつきます。つまり、会社を辞めて、手続きをしてから2か月間は一銭ももらえません。支給額は月収30万円の人の場合およそ20万円程度。これを2か月分とすると、およそ40万円になります」

恵子が補足をした。

「もちろん2か月を過ぎりゃあ、給付ば受けられる。ばってん、無給で生活するのに困らんほど貯金ばしとーでなけりゃあ、給付ナシでは生活できん。悪か条件でも次の仕事ばせざるをえない状況に追い込まれてしまう」

フォンより先に飛田が驚く。

「『自己都合』だと70万円も損をするってわけね」

北斗は続けた。

「そうです。これに加えて『自己都合』で辞めた場合、解雇が違法であったとしても、あとで裁判や団体交渉で争いにくくなり、この点でもかなり不利です。裁判や団体交渉で解雇の正当性を争って会社に非を認めさせた場合には、本人が望めば、職場復帰できる場合もありますし、数か月分の賠償金を勝ち取ることができます。賠償金や和解金の額はケースによって大きく変わってきますが、少なく見積もって給与の3か月分としても90万円になります。これらを合計すると、160万円になります」

またしても、フォンより先に飛田が驚く。

「え〜っ、『自己都合』と『会社都合』の違いだけで⁉『自己都合』だと160万円も損するってわけ？　要するに、『自己都合』で辞めると大損ってことかしら」

北斗も追加の質問をし始めた。

「もう少しだけヒアリングさせてください。個人的には、入社の際の経緯が気になります。当初、正社員として入社を希望していたのに、どうして契約社員で良いと思ったのでしょうか」

「それは、なかなか就職が決まらなかったからです」

フォンは少し悔しそうな顔で答えた。

「無遅刻・無欠席で真面目なフォンさんが、その責任感から全力で仕事に打ち込んでいたのは想像できます。貿易関連でベトナム語を使うのであれば、フォンさんは重宝されていたはずです。どうして、雇止めをされてしまったのでしょうか」

フォンは悔しい状況を思い出したのか、堰《せき》を切ったように話し始めた。

「私も、良い会社だろうと思って働いていましたが、飛田さんは酷い会社だと。違法なことをしているのではないか、誠意のない会社だと。それで一緒に相談に来させていただいたのです」

思うところがあったのだろう。フォンは、北斗たちへ迫るように話している。

さて、どうするか。北斗は、これから採ることのできるいくつかの手段について説明を始めた。フォンや飛田は、裁判ではない方法でなるべく早期に決着をつけたいという希望を話した。

「労働委員会が行っている個別的労使紛争のあっせん制度ってご存じですか？　組合のない会社の従業員でも利用できる制度で、行政ではありますが、紛争解決に役立つという点で準司法的作用を有しています。よかったら申請してみませんか」

方向性が決まった後もさらに話し合った結果、本件では、まずはあっせんの申請をすることにした。労働ＮＰＯではあっせん申請書を作成し、提出を行った。書面が相手側の会社に届けられた頃、北斗は相手側会社に挨拶に伺った。会社側は労使紛争を公平中立に解決するあっせんへの理解を示しており、会社側にも言い分があり、円満解決のためにもあっせんに応じるとのことだった。

3　あっせん代理手続きによる権利救済

あっせんの当日がやってきた。あっせんは、北斗たちにとっては馴染みのある手法だ。フォンは、あっせんの非対面形式をすぐに理解し、安心したようであった。あっせんには、北斗、美里、フォン、飛田が参加し、申立人側（労働者側）の席に座った。

公益委員、労働者委員、使用者委員の三者により、事前に行われていた調査報告をもとに、あっせんが始まった。

労働者委員　一方的な退職要求をされて解雇予告手当が支払われなかった点について詳しくお聞かせください。雇用保険をめぐるやり取りについてもお話しください。

申立人側　フォンさんは、12月のクリスマス前、本社の経理担当者に会議室まで呼ばれ、突然、「12月末で辞めてほしい」と言われています。ほかに働いている人もいるのに、辞めさせる対象にフォンさんが選ばれたのはなぜなのか、理由が不明です。フォンさんには解雇予告手当すら支払われていません。

また、フォンさんは日本の雇用保険制度について何も知りませんでした。会社もそのことはわかっていたはずであるにもかかわらず、フォンさんの退職時、会社が雇用保険制度について説明しなかったのは悪意が感じられます。何もない状態で無職になったわけです。

フォンの側はいったん控え室へ。代わって使用者側があっせん会場へ呼び入れられた。あっせん会場で、使用者側とあっせん委員とが話している時間、申立人側控室ではみんなで資料を読み返していた。使用者側が会場をあとにすると、あっせん委員が呼びに来て、再び申立人側があっせん会場へ呼び入れられた。

あっせん委員によると、会社側の主張は次のようなものだという。

・試験を通じて、日本語もベトナムもよく出来ると判断してフォンを採用した。
・よく仕事をしてくれており、およそ2年9か月間の仕事ぶりには大きな問題はなかった。
・辞めていただく理由は、会社が経営不振になって彼の部署自体がなくなるから。
・解雇予告手当については支払いたいと考えている。
・日本の雇用保険制度について外国人には特別の配慮が必要だったのかもしれない。

これを前提に、申立人側はさらに反論を付け加えた。

申立人側　離職票の退職理由の欄に「本人希望により」と書かれていました。しかし、フォンさんの退職は本人の「自己都合」によるものではなく「会社都合」によるものであることは明らかです。

離職票の署名もフォンさんではない人が勝手に署名をしていました。筆跡からも本人の署名でないことは明らかです。「自己都合退職」にするために会社側がそのようにしたと思われても仕方がない、極めて悪質な離職理由の改ざんであり、ウソの離職票の創作です。

フォンさんは、ハローワークのアドバイスを受けて、会社に離職票の書き直しをお願いしましたが、会社に拒否されました。フォンさんは一方的に辞めさせられ、離職票も勝手に代筆されて自己都合退職にされていたため、雇用保険も受給することができませんでした。さらに、合理性のない就業規則の規定によって、在職中、有給休暇を取得することができませんでした。

事実上の退職強要・解雇であるので、離職票の修正と損害賠償、さらに有給休暇の買取りを追加で求めます。

あっせん委員は、「会社側を説得してみます」と言って隣の部屋へと移動していった。

フォンの側はいったん控え室へ。代わって使用者側が再びあっせん会場へ呼び入れられた。

中立人側控室では、あっせん会場で使用者側とあっせん委員とが話していることを予想しながら、最終の和解に向けて譲れない水準について認識合わせをしていた。使用者側が会場をあとにすると、あっせん委員は協議へと入った。

協議では、フォンが無職になったことに不安を感じて損害賠償を求めていることもあり、金銭解決の方法で考えてみることになったようだ。その旨の提案をしてきた。

申立人側　補償金による解決なら、今後の生活もあるので助かります。
労働者委員　わかりました。それではそのように進めますので、もうしばらくお待ちください。

中立人のフォンの意向を受けて、あっせん委員の三者はあっせん案の検討へと移った。「補償金による解決であれば、フォンの現在の給与の手取り金額の4か月分を支給すること」最終交渉で、このあっせん案が示された。この4か月分には解雇予告手当の1か月分が含まれている。

しばらくして、あっせん委員が戻ってきた。労働者委員は使用者側の意向をフォンらへ伝える。使用者側はあっせん案の額で補償金による金銭和解の提案に応じると回答したという。なんと会社側は、フォン側の要求を一部受け入れ、使えなかった有給も買い取り、離職票の修正を約束してきた。

フォン本人も自力で再就職先を探すことを念頭に補償金を選択。両者が金銭解決を中心とした和解案で一致したことにより、その日のうちに和解合意書が作成されることになった。その後、あっせん委員の三者は正式なあっせん案を作成し、申立人側を会場へ呼び入れた。

「次のあっせん案を提示しますので、これにより円満に解決してください。会社はフォンに対して本件の解決金として金○○万円をフォンが指定する口座に振り込んで支払うこととすること。離職票の離職理由を会社都合退職（特定受給資格者）に修正すること」

この金額には損害賠償分と解雇予告手当1か月分と有給の買取り分が含まれており、それなりの金額になった。労使双方があっせん案に同意し、紛争は終結した。


「やあ、なかなか骨が折れましたね」

北斗は美里にねぎらいの言葉をかけた。

「はい。でもフォンさんは、結果的に無職になってしまって……」

美里はちょっと涙ぐんでいた。北斗は、ひとりごとのように呟いた。

「日本でも、外国人労働者がたくさん働いている。国際化の進行により、外国人労働者の数はますます増えていくことが予想される。今回、会社側が『外国人は日本の諸制度を知らないだろう』と高を括って、あのような不当な権利侵害を行ったかどうかはわからない。でも、フォンさんは友達に教えられて、おかしなことが行われていることに気づきました。飛田さんにも感謝ですね」

美里がコックリうなずいて笑顔を見せた。

「はい。あのままではフォンさんは踏んだり蹴ったりでかわいそうでした。それが、あっせん交渉をした結果、無事、勝利和解を果たすことができましたから」

本件は、あっせん交渉でスピード解決。無事、権利救済を図ることができたわけである。

その後、会社によって和解解決金の振込み、離職票の修正がなされた。そして、フォンは無事、雇用保険を受給することができた。

フォンは、友人とＮＰＯに助けられたことに感謝して、直筆で日本語の手紙を送ってきた。北斗と美里は、夕方以降に恵子が事務所に来てから、フォンからの手紙の封を開けた。

みなさまへ

ありがとございました。

最初は、１人で心細かったです。

ＮＰＯの皆様に力になって頂きすごく助かりました。うれしさ一番ですよ。

また、この事を通じて、自分自身の勉強不足についてとても反省しています。

皆さんから援助は、私の大きなエネルギーとなりました。

これから、もっと頑張れる力をいただきました。

本当に心から感謝しています。

フォン

手紙を読んだ後、最初に口を開いたのは恵子だった。

「美里さんも、大活躍されとらるーなあ。故郷ば離れて、ひとり暮らしで、偉かねぇ」

「はい。でも、まだ同じ国の中ですから」

美里は、窓から空を見上げた。恵子も、同じように窓から空を見上げた。空でつながっている故郷を思い出すかのように。北斗は、その光景を優しい目で見つめていた。

「同じ国でも、関東、関西、九州では、方言も文化も違うけんね。ましてや、国が違えば、言葉の違いはもちろん、文化の違いなどによってトラブルになる事例も増えるとは当然ばい。やけんこそ、労働ＮＰＯが必要とされとーかもしれんね」

恵子は朗らかに笑った。

第8章　ガールズバー事件

1　監禁されて賃金不払い

また一人、アルバイト店員が退職した。

「どうしてこんなに女のコの入れ替わりが激しいんですか、このお店」

仕事終わりの深夜。遥香《はるか》は、まだ3か月目の新米アルバイト店員の茉奈《まな》から聞かれた。

「お金が欲しいとかブランド品を持ちたいとか、軽い気持ちで働き始める人も多いんじゃない？

でもほら、夜の仕事って、いろいろ大変だから」

「佳織《かおり》さんが辞めたから、これで遥香さんがこの店で一番の古株になっちゃいましたね」

茉奈の微妙な言葉遣いに、遥香が敏感に反応する。

「古株って、私まだ26なんですけど……。あーあ、いつの間にか私が一番のベテランかぁ」

久田遥香《ひさだ》は、大阪の京橋にあるガールズバーで働いていた。働き始めて4年になる。キャストは全員で10人以上いるが、シフト制で、お店にいるのは5〜6人だ。キャストの中には、ほとんど実家に寄りつかず夜の街を徘徊しているようなタイプの人もいるし、見た目が少女のような子もいる。

「遥香さんはこの店を辞めようと考えたことはなかったんですか？　昼と夜のダブルワークって、大変じゃないですか？」

「私は軽い気持ちで働き始めたんじゃないの。辞めたくても辞められない事情があるの」

茉奈の質問に遥香はそう答えてから、〝事情〟については言葉を飲み込んだ。

遥香は昼間はＯＬとして働いているが、給与は入社6年目で手取り17万円。奨学金の返済やメンタル不調で医療費がかかるなどの経済的事情から、ダブルワークをしなければならなかった。遥香はこの4年間、週5日、夜19時からお店に準備で入り、20時から24時までカウンターで働く日々を繰り返してきた。

遥香の事情を知ってか知らずか、最後に茉奈は軽い感じで声をかけて帰っていった。

「もし遥香さんがこのお店を辞める時は、私にも言ってくださいね。私も一緒に辞めますから」

それから1か月。状況は良くならず、相変わらず店員は次々と入れ替わっていた。店長は気性の激しい男性だ。遥香は一番のベテランとして、店長とアルバイトとの調整役をやっていたこともストレスになった。プライベートの時間にまでも打ち合わせが入ってくるようになっていた。

最近はかなり体力的にも不調だったが、突然、下半身が動かなくなる状態になった。精神的にきつくなり、体には湿疹のようなものもできた。あわてて病院に行ったところ、医者に「過労とストレス」によるものと言われ、ようやく遥香は退職を決意した。

遥香は決意して、日曜日、茉奈をランチに誘った。

「今日はワンピースを着てきました」

茉奈はいつもの軽い調子で語り掛けたが、遥香は真面目な口調で話し始めた。

「あのね、私、お店を辞めようと思うんだ……。最近ほら、お店の雰囲気サイアクでしょ」

「やっぱりあれですか、ミナミのガールズバーで事件が起こった後、客足が落ちたからですか？未成年者を働かせていて、死んじゃった事件」

数か月前、大阪・ミナミのガールズバーで、アルバイト店員の女子高生が死亡する事件が起きた。女子高生が泥酔し店内でダウンしたのに、経営者は介抱もせず、救急車も呼ばず放置。結果、6時間後に女子高生は亡くなってしまった。

大阪のガールズバーでは以前から、アルコール中毒事件や十代の女子中学生や女子高生が勤務していた事件が繰り返し発生している。事件は定期的に発生し、そうするといつも客足が落ちる。それは一時的なことではあるが、水商売は日銭を稼ぐ現金商売だ。

「店の売上が落ちたとか言われてあたられても、私たちが原因じゃないですもんね」

原因はともかく、最近の店の売上は、平日でも数十万円あったところ、10万円以下の日も出てくるまで減っていた。店長は売上について執拗に言うようになり、その責任をめぐって、連日パワハラが公然と行われるようになった。「全然飲めていない」などと詰められ、店員に対するプレッシャーが強くなっていた。これも次々とキャストが辞めていった要因だろう。

遥香は、仕事を続けることにドクターストップがかかったことを、正直に茉奈に話した。

退職を告げると、遥香は店長から怒鳴り散らされた。さらに、「辞める奴には給料は支払わない」と言われた。結局その日、遥香は明け方の4時まで店で軟禁状態にされた。

辞めた2日後、9月分と10月分の働いた給料を払ってほしいとメールで伝えたところ、店長から電話がかかってきて怒鳴られた。

「自分のせいで赤字になったのに、給料がもらえる思とるんか！　ええ根性や、こっちには弁護士がついとる。給料もらいたいなら店に出向かんかい」

その後も店長とやり取りしているが、同じような対応を繰り返されるだけで、遥香の言い分は全然聞いてもらえず、いまだ給料は支払われていない。払われる見込みもない。

遥香はこのことを、まずは彼氏の正一に相談した。

「店に乗り込んでやる！」

正一は怒っていきまいた。

「店長は短気で、乱暴で、前科もあるって。どこかのヤクザとも知り合いみたいだよ」

遥香が店長の人物像について説明すると、正一は黙り込んだ。

ただ、生活のこともあるし、なんとしても店に、自分の働いた分の賃金を払わせたい。次に遥香は、労働基準監督署に相談することにした。

労働基準監督署では「夜のお店相手では難しい」と言われたあげく、「証拠を集めてきなさい」と言われた。これだからお役所は……と思いながらも、遥香はあきらめきれなかった。そこで、労働NPOの評判を聞きつけ、遥香は無料相談を利用することにした。

2　美里と遥香の出会い

NPO事務所の固定電話が鳴った。美里はドキドキしながら電話を取った。

「あんたは誰や、北斗はんを出せって」

自分では相手にならないということで、美里は肩をすくめた。北斗は苦笑いして電話を代わると、「大丈夫ですよ」と相談者に繰り返していた。電話が終わるのを見届けて、美里は北斗に聞いた。

「常連の相談者さんだったんですか?」

「メンタルを患っている相談者さんからの電話なんだ。一日に何度も電話をかけてくる。深夜にもかけてくる。話し相手になると安心するみたいだけど、しばらくすると不安になってしまうようで、またかけてくる」

いたずら電話、間違い電話、取材の電話、メンタルを病んだ人からの電話。NPO事務所には、いろんな電話がかかってくることを美里も理解しつつあった。

「なかには、夫婦間のトラブルや子供の就職相談、遺産相続に関するものもある。職場でのセクハラ・パワハラ、お金の貸し借り、刑事事件にした方がいいと思われる相談まである」

「大変じゃないですか?」

「大変だけど、好きでやってるからね。それに、自分の周りの身近な問題しか知らない人間にとって、視野を広げさせてくれて、魂の成長を促してくれる場所だと思っている」

北斗は少しだけ詩的な表現をした。再び、電話が鳴り響く。

「美里さん、電話取って!」

北斗に言われて美里はハッと我に返った。

「もしもし、労働NPOです。はいっ、労働相談ですね」

隣で北斗が、フォーマット通りに質問して聞き取りをするようにとアドバイスする。

「どういったお困りごとでしょうか……働かれているお仕事の職種は……」

美里は次々にヒアリングしていく。隣の北斗が、面談相談時に持参してもらうものを伝えるようにアドバイスする。なんとか聞くべきことを聞いて電話を切った美里は、北斗に報告した。

「賃金不払いの案件です。久田遥香さん。京橋のガールズバー『CRAZY NIGHT』という店らしいです。平日は夜も仕事をしているらしいので、面談は明日、土曜日になりそうです」

北斗は、パソコンの労働相談フォーマットを覗き込んだ。

【職　種】ガールズバー
【企業規模】店舗内6名
【性　別】女性（一人暮らし）
【年　齢】26歳
【雇用形態】アルバイト
【勤　続】4年
【地　域】大阪、京橋
【相談方法】電話相談→面談相談を希望
【問題分類】退職後の賃金不払い

「大変だけど、いろいろと学べると思うよ。明日は一緒に対応しよう」

そう言って北斗は笑顔を返した。美里も面談相談に同席させてもらえることになった。


「美里さん、相談者の方がもうお越しになられていますよ」

美里がＮＰＯ事務所に足を踏み入れた途端、待ってましたとばかりに北斗の声が飛んできた。土曜日の10時から面談予約されていた労働相談に、相談者の遥香は30分以上前に到着していたという。

あわてて美里は、相談コーナーのテーブル席に着く。

「あなたが大学生相談員の美里さんですね」

美里が到着する前に北斗が簡単に紹介していたのだろう。同年代の女性なので話しやすいと思ったのか、遥香は嬉しそうにしている。

「では改めて、事務局の北斗です」

そう言って北斗は一度立ち上がり、名刺を差し出した。椅子に座ると、ノートパソコンを開けてヒアリングを始める。待ちかねたように相談者の遥香は話し始めた。

「結局2か月分の給料が支払われないままになっています。9月分の給料は10万4000円程度ですが、10月はそれ以上に働いたため超えるはずです」

北斗は合いの手を入れようとするが、遥香の話は続いた。

「そんなわけで……仕事終わりに頑張って働いてきたのに、給料が支払われないなんておかしい。病《や》んじゃう……」

話を聞いていた北斗は、相談者の訴えが一区切りするのを待って、それから尋ねた。

——お願いしていた書類をお持ちいただいていますか?

「はい。持ってきました。これが履歴書です」

遥香は関西の私立短期大学卒業後、現在まで正社員として事務職を務めながら、その間キャバクラで2年間、ガールズバーで4年間、アルバイトを続けている。

——タイムカードはありますか?

「タイムカードはお店が管理しています」

――いつもどんなタイムスケジュールで働いてきたか、詳しく教えてもらえますか?

「夜19時からお店に準備で入り、夜20時から24時までカウンターで働いてきました」

――雇用契約書や給与明細書はお持ちいただいていますか?

「雇用契約書はないです。給与明細は持ってきました」

遥香は、雇用契約書の代わりにネットの募集広告をプリントアウトしたものと給与明細書をテーブルに並べた。ネットの募集広告では時給1300円と書かれてある。

「時給1300円って、安くないですか?」と思わず美里が口にする。「そうかも……」。北斗は給与明細と募集広告を交互に見ながら首を傾げた。

「1時間前からお店の準備で入っていたのに、夜19時から夜20時までの給与は支払われていないのかな? 法律的にはただ働きそのもので、明白な労働基準法違反なんだけどな。それから……募集広告には1300円という時給単価が記されているけど、夜22時以降の深夜勤務の時間帯も割増賃金が支払われていませんよね」

「しかも、賃金は1分単位で支払われるんだけど、この給与明細を見る限り、30分単位で賃金が払われているよね」

「あと、給与明細も不明確で、時給が書いていなかったり、何かわからないが10パーセント給料から引かれていたりするけど、これは何だろう」

北斗は、NPO事務所にあるホワイトボードに問題点を箇条書きにしていった。

・2か月分の賃金の不払い
　＋
・夜19時から夜20時までの準備時間の給与未払い
・夜22時以降の深夜割増が支払われていない
・賃金支払いが1分単位でなく30分単位
・給与明細が不明確
・時給不明
・10パーセント給料から引かれている謎の天引き

書類を見ながら、おもむろに労働基準法上の問題点を確認する北斗の姿を美里は尊敬のまなざしで眺めながら、自分も頑張らなきゃ、と思って電卓をたたき始めた。

「これはえげつないですよ。準備時間や深夜割増の未払いや色々合わせると……概算で月10万円は請求できませんか」

北斗は遥香に聞いた。

「過去の分も遡って請求できるけど、どうします？」

「でも、過去の給与明細を持っていないので……2か月分だけでいいです」

「とりあえず、裁判の可能性も考えて満額請求をしておきましょうか。交渉などで決着が図れそうな場合は、2か月分は取り戻したいという遥香さんの希望を最低ラインにおきます。その線で、とりあえず内容証明を出してみますか？」

「はい」

「では、正確な時給が不明のため、募集広告での時給1300円をベースに概算で未払い賃金を請求しますね」

北斗は、賃金請求の内容証明郵便を作成しておき、遥香にも内容を最終確認してもらった後、明日の夕方、中央郵便局から〈配達証明付き内容証明郵便〉で相手の店に送ることを伝えた。

「よろしくお願いいたします」

遥香は2人にお礼を言って、自分のアパートのある京橋へと帰っていった。

3　内容証明郵便

遥香と初めて面談した日の翌日、北斗らは予定通りに内容証明郵便を作成し、郵送した。

●●●●年●●月●●日
大阪市○○○○ビル○階
株式会社●●　　店長●●殿

大阪市○○○○マンション○○号
久田遥香

未払い賃金請求書

久田遥香は●●年9月1日から同年10月30日までの勤務に関し、労働基準法に基づき、下記の通り未払い賃金等の支払を請求します。請求した未払い賃金については労働基準法第23条により、本書到達の日から7日以内に支払って下さい。支払い方法は、次の銀行口座への振り込みによることとします。

●●銀行●●支店　普通口座番号　●●　口座名義人Y

記

1、9月分月例賃金（10月25日支払分）及び10月分月例賃金（11月25日支払予定分）
　計　○○万○円
2、時間外勤務に関わる、未払残業代賃金・深夜割増賃金（準備時間・切り捨て時間を含む）
　計　○○万○円
3、違法な天引きに関わる、未払賃金
　計　○○万○円

合計　○○万○円

尚、前記で請求した金員の支払いが、本書送達後7日を経過した日に当方において確認できない場合は、支払いの意思がないものとみなし、遅延損害金、遅延利息を含め、法的措置を講じることとしますので念の為申し添えます。

以上

その2日後、遥香に店長からのメールが連続して届いた。遥香はすぐに、北斗と美里に報告した。

「店長からメールがきました。『スタッフとしての義務を果たしてから言え』『店に来ないとそちらの言い分は聞けない。売上を回復させてから言え』っていう内容でした」

北斗は苦笑いしながら、遥香に電話で伝えた。

「内容証明郵便で送ったことがこちらとしてはすべてだから。店長からのメールや電話は、基本的に無視してもかまわないです」

「でも、それだとお金が支払われないんじゃないですか？」

「遥香さんがお店に行っても賃金は支払われないと思うよ。本書到達の日から7日以内に支払って下さいと記載した内容証明を送っているわけだし、とりあえずあと5日間は様子を見よう」

そして、約束の7日間が過ぎた。NPO事務所には、北斗と美里と遥香の3人が集まっていた。

「一週間過ぎても賃金の振込みがされていない。さて、どうしようか」

「内容証明郵便を送ったのに、無視することが許されるんですか？」

「いや、内容証明はただの脅しだから」

「脅しを無視したらどうなるんですか？」

「脅しがホンマになるだけ、ということを思い知らせてやるだけです」

「北斗さん、なんか怖いです……」

「ホント？　優しいんだけどな」

そう、おどけた風に言ってから、北斗は表情を変えて説明を続けた。

「ここからは強い精神力が必要になります。いくつかの壁を乗り越えなければなりません。覚悟して聞いてください。まず、私たちはＮＰＯですから、内容証明郵便を作成したり、提出するお手伝いはできます。でも、今のままでは会社に直接交渉することはできないんです」

「どうすればいいんですか？」

「一つは、あっせんというのですが、行政機関などの力を借りて協議する方法です。ただ、あっせんに応じるかどうかは任意なので、今回の経緯からみて店側が断ってくる可能性があります」

遥香は両手の掌《てのひら》を上に向けて、それでは駄目ですよね、とジェスチャーで表した。

「もう一つは、団体交渉というのですが、つながりのあるコミュニティ・ユニオンに遥香さんが加入して、一緒に交渉するという方法です。どうされますか？」

「つながりのあるコミュニティ・ユニオン？」

「はい。実は、私もそのコミュニティ・ユニオンで書記長をしています」

「それじゃあ、話が早いじゃないですか！」

遥香が高い声を発したのを、北斗は右手で遮《さえぎ》った。

「今回の案件は……ちょっと話がややこしくて」

北斗は遥香の目をまっすぐに見ながらゆっくりと話しかけた。

「まず、大阪天満駅の近くにあるユニオン会館の相談センターに面談相談に行ってほしいのです。そこに行って、労働NPOの紹介で相談に来た旨を伝えてください。そして、コミュニティ・ユニオンに加入したいので紹介してほしい、と頼んでいただきたいのです。ユニオン会館には簡単な事案の概要をFAXしておきますので」

不思議そうに遥香は首をかしげた。

「コミュニティ・ユニオンに直接行くのではなくて、ユニオン会館の相談センターに相談に行ってからコミュニティ・ユニオンを紹介してもらうんですか？　そんなことをしなくても……そこって、北斗さんがいるユニオンですよね？」

「その辺は説明が難しいので……まあ、〝大人の事情〟ということにしておいてもらえないだろうか」

「ユニオン会館の相談センターには一緒に行ってくださるんですか？」

「私は別件がありますので。美里さんが案内して一緒に行ってくれるかな？」

「喜んで！」

慌てて、美里は手帳に予定を書き込んだ。

「北斗さんや美里さんは、交渉にも一緒に行ってくださるんですか？」

「はい。私はコミュニティ・ユニオンの書記長でもありますが、今回の案件は、美波《みなみ》という者に交渉責任者を任せたいと考えています。美里さんは本人次第ですが、組合員になってもらって同席してもらうようにお願いしてみることは可能です」

「コミュニティ・ユニオンに一緒に行ってもらって、説明を受けてから、加入するかどうかお返事させていただいてもいいですか?」

「もちろんです」

北斗と遥香との会話を、美里は静かに聞いていた。

北斗は、ユニオン会館の相談センターとコミュニティ・ユニオンに、それぞれFAXとメールを送って段取りをつけた。そして、

「明日の午前、ユニオン会館の相談センターでの相談が終わった時点で、一回、携帯に連絡をもらえるかな」

と、美里と遥香に伝えた。

4 浪速労連会とコミュニティ・ユニオン

大阪天満駅に美里と遥香は降り立った。近くにユニオン会館というビルがあり、このビルに入っている浪速労連会・相談センターに面談相談に行くためだ。

「女性2人に行かせるなんて、北斗さんもひどいですよね〜」

美里は不安そうに呟《つぶや》いた。それにしても、遥香は不安そうな表情を見せる一方で、全く物怖じし

ないところがある。不思議な人だな……と美里は思った。

遥香と美里が浪速労連会・相談センターを訪ねると、事前に話が通っていた。

「浪速労連会の相談員の山根です。働き方ＮＰＯさんからの紹介ですね」

山根はＮＰＯから送られたＦＡＸを見ながら聞いた。

「労基署には行ったの？」

山根の質問に、遥香はこれまでのやりとりを手短に伝えた。山根は厳しい顔を崩さない。

「クレージー何とかというお店で、二階の奥にあって、照明も暗いと……。接触行為などの風俗まがいではないのかなぁ」

「いえ。どこのお店も少しはあると聞かされていたんですけど……」

山根は遥香の話をメモを取りながら聞いていたが、遥香が給料が支払われるようにして欲しいと泣きついたところ、わかったと言うようにうなずいて遥香に質問した。

「その店の経営者の名前は？」

「店長の名前は〇〇です」

「店長じゃなく経営者、社長を教えて欲しいんです。どこあてに団体交渉を申し込むのよ」

山根の強い言葉に、遥香は威圧感を覚えた。

「……知りません」

「本社の住所は?」

「お店に雇われているので……」

「個人事業主なの? 店長とオーナーとは別なんでしょ、チェーン店なんじゃないの?」

再び遥香は口をつぐんだ。

「どうして、昼間働いているのに、夜も働かなければならないの?」

「……」

「どうして、雇用契約書を書くようなきちんとした職業の仕事につかないの?」

「……」

「風俗関係の場合、暴力団が関係していることもあるんじゃないの?」

「……」

質問に答えられないでいる遥香に、山根が言った。

「うちの団体は、ちゃんと雇われていてその会社に残って頑張ろうという人なら応援してあげられる。でも、あなた、もう辞められているんでしょ?」

「はい……。でも、給料を2か月分、支払ってもらっていないんです。組合に入ると団体交渉ができるってNPOさんに教えられてきたんですけど」

「だからね、正式な会社名も、社長も、オーナーの正体も、本社の住所もわからない。雇用契約書もない。これでどうやって交渉するんですか。うちは民間団体なので調査権がない。警察署や労基署に行かれてはどうですか？」

「労基署には行ったんです、それは先ほども言いました……」

遥香は涙目になってきた。山根は労働法の本を閉じた。

「この団体は労働組合なので、雇用関係が明確でない場合は引き受けることができません」

これまで黙って見ていた美里が、勇気を出して発言した。

「あの……雇用関係はあるんじゃないですか？」

「雇用契約書がないんでしょ。これは老婆心から言うのですが、できればこれを機に働き方を変えるよう進言させていただきます。気を悪くしないで聞いて欲しいんですけど、まともな仕事に普通に就かれた方がいいですよ。夜のお店ではなく」

相談はこれで打ち切られた。


美里は北斗に電話をかけて、午前中にあった出来事を詳細に話した。

「ごめんなさい。私、横に座っているだけで、ほとんど何も反論できなかったです」

「心配しなくていい。もともと午前に浪速労連会・相談センターに顔を出して、午後に行くコミュニティ・ユニオンを紹介してもらうつもりだったから。労連会・相談センターの紹介があるか、紹介なしで直接行くかだけの違いしかないですから」

北斗は改めて、案内役とサポートを美里に依頼した。

「それより、遥香さんが精神的に傷ついていないか心配です」

北斗は遥香に電話を代わるように依頼し、直接励ました。

「浪速労連会は良心的で善良な団体ですが、窓口となる相談員にも様々な人がいます。組織の方針に合致しなかったり、ややこしい案件は受けたがらないのが人情です。今回のケースは、相手がややこしそうです。こちらも、餅は餅屋ということでジョーカーを出しましょう。ユニオンに美波という夜の職業にも強い行政書士の資格を持った相談員がいます。〝嵐を呼ぶ男〟とか〝夜の帝王〟などという異名を持つ男ですが、苦労人で人の気持ちがわかる人物です。あなたの置かれている状況を、奪われた権利を取り戻したいと思う気持ちをぶつけてください。ただ、熱意が伝わらないと、美波も真剣に取り合ってくれない可能性があります。大事なのは、あなたが悔しいと思う気持ちです」

北斗は、遥香との会話を終えるや否や、その手で美波の携帯に電話をかけてアポを取った。

「美波、1分だけ話せるか。FAXとメールで依頼した案件、浪速労連会が案件紹介の窓口となることを事実上断ってきたらしい。引き受けられないとの判断だろう。2つの問題がある。①すでに退職していること。②夜職であること。浪速労連会からの紹介という形を取れればベストだったが、体《てい》よく断ってきたので、直《じか》受けの方法で引き受けたいと思っている。よろしく頼む」

続けて北斗はノロシーの携帯に電話をかけてアポを取った。

「ノロシー、1分だけ話せるか。FAXとメールで依頼した案件、浪速労連会・相談センターが窓口となって案件を引き受けることを事実上断ってきたらしい。当事者が傷ついた精神状態で相談にくるのはいつものことだが、励ましてあげてほしい。君にしかできないことがある。いつも通りの感じで、美波が到着するまでの時間をつないで欲しい。私も後で向かうので、よろしく頼む」

北斗はこうして、午後からの対応を2人にそれぞれ依頼した。

同じ頃、遥香は泣きそうな顔で、彼氏に電話をかけて午前中の出来事を報告していた。

「正《しょう》ちゃん聞いてよ、ひどいんだよ。助けてくれるのかと思ったらいじめられちゃった、イヤキチされちゃった……」

少し気持ちを落ち着かせるために、美里と遥香は近くの扇町公園で休息をとった。広い公園に座っていると、自然を感じることができた。青い空。風が吹き、雲が流れていく。

NPOの事務所も、浪速労連会・相談センターも、コミュニティ・ユニオンの事務所も、すべて大阪市内にある。美里は、移動する大阪メトロ地下鉄の中で、遥香に説明を続けた。遥香は、未払い賃金請求の証拠に成り得る資料をバッグに詰め込んでいることを確認してから、美里と一緒にユニオン事務所に向かった。状況説明のために用意したのは、①（雇用契約書がなかったのでその代わりに）ネットの募集要項、②給与明細書、③毎日の勤務時間を記した手帳、④ガールズバーの名刺、⑤内容証明郵便の5点だった。

遥香は、自分を励ますように繰り返す。

「悔しいけれど頑張る。負けない、負けるもんか」

美里も、自分ごとのように感じた。

地下鉄が最寄りの駅で停車した。2人は地下鉄を降り、ユニオンの事務所へと向かった。

5　ノロシーのユニオン講義

雑居ビルの2階にあるコミュニティ・ユニオン事務所では、柔らかい雰囲気の青年が出迎えてくれた。

「やあ、ようこそ。自己紹介させてください。姓は野呂、名は思惟。みんなはボクのことをノロシーと呼びます。このユニオンで委員長をしています」

ノロシーはいつもの調子で挨拶をしてから、2人にお茶を出した。

「お2人のことは北斗さんから聞いています。ボクはストレスに弱いので交渉とかには出られないけれど、もうすぐ、美波さんというコワモテの人が来ますので、いろいろ相談してくださいね」

遥香が質問をする。

「あの……北斗さんが紹介をしてくださる方だから、美波さんも信頼できる方ですよね」

お答えしよう、と得意満面になってノロシーは答えた。

「経歴が煌《きら》めいていて、庶民の気持ちがわかる貴族みたいで、妙に上品で、素敵で良い人が北斗さんなんだ。そして頭が切れる。それに対して、経歴が謎めいていて、庶民に気持ち悪がられる義賊みたいで、変に下品で、不敵で良い人が美波さんなんだ。そして喧嘩して相手の頭を切るのが美波さんなんだ、見たことないけど」

あっそれから、とノロシーはさらに続けた。

「美波さんは、約束の時間に遅れて来たりするいい加減な奴なんだ。そのくせにタクシーで事務所に乗り付けたりする。キザな奴だ、ボクなんて公共交通機関しか使わないのに……」

ノロシーは軽妙に話し続ける。美里は午前と午後との雰囲気のギャップに少し戸惑った表情を浮かべていた。遥香は、浪速労連会・相談センターでけんもほろろに断られたことを話した後、ノロシーに質問した。

「上部団体の相談センターだと聞いたのですが、同じ系列ではないのですか?」

「う〜む、カラーは違うなぁ。あっちは組織人の集まりで、こっちは自由人の集まりというか。あっちの人は、組織から給料が出ている分、組織の方針には従わざるを得ないんだろうなぁ」

美波が到着するまでの間、ノロシーはユニオンの冊子を手渡して、コミュニティ・ユニオンがどういうものなのかを一通り説明した。遥香は、この後の説明も聞いてから加入を考えます、と返事をした。

その時、チャイムが鳴った。美波が到着したのかと皆が振り返る中で、作業服姿の男性が入ってきた。

「すいません」

「正ちゃん！」

男性は自己紹介をした。

「遥香の彼氏で正一と言います。午前中、遥香がいじめられたというのを電話で聞いて、居てもたってもいられなくなって、仕事を早退して駆け付けました」

正一の予期せぬ登場に一同驚いたが、ノロシーは、どうぞどうぞと席に着くよう勧め、新たにお茶を出した。

その時、事務所の電話が鳴った。電話を終えたノロシーが3人のところに来て言った。

「噂をすれば美波さんから。あと少し遅れると連絡がありました。あいつ、いい加減なんだよな～。せっかくなので、待っている時間を質問タイムにしたいと思います。北斗さんや美波さんは法律家だけど、あの人たち、初心者にわかりやすく説明するのが苦手だから。ボクの説明の方がわかりやすいと評判です」

遥香がすぐに手を挙げる。

「早速ですが、労働基準法ってどんな法律ですか？　ガールズバーも守らなければならないのですか？」

ノロシーは嬉しそうに答えた。

「おお。ボクの知識が役に立つ時がきましたね。労働基準法は働く労働者を保護するために、労働条件の最低基準を示した法律です。労働基準監督署なんかは労働環境の最低基準を下回っている、違反している企業を摘発したりするんだ。労基法に定められているのは当たり前の権利なんだよ。そしてもちろん、人を働かせている以上、ガールズバーにも適用があるんだ」

遥香はなるほどというように聞いていたが、正一は神妙な顔つきでいる。

「でも、交渉とか権利主張とか、なんか大袈裟で大変な気がするんだけどなぁ」

「勇気がいることだよねぇ。でも大丈夫。労働相談にはいろいろな内容があるんだ。本当にひどい働かせ方をさせられている人がいて、これは我慢できない、ひどい、ブラックだ、という現状があるならば、行動を起こすことも大切だと思うよ。その行動こそがあなたのみならず、日本で働く全ての労働者を救うことになるんだから」

「なんだかカッコいいねぇ」

「ボクのこと?」

「違～う! でも、請求とか交渉とかって、どうやってするの? 普段、あんまりやったことがないし、一人で請求しても取り合ってくれないんじゃないかな?」

「そういう時は、専門家の力を借りたり、労働組合の力を借りて団体で話し合いをするといいと思うよ。労働者個人で労働条件の改善を要求したところで、はじめから経営者と対等とはいえない関係にあるので、聞き入れてもらえないことも多い。でも、そこに労働組合が介入することによって、対等に労働紛争について話し合うことができるようになるんだ」

「ねえねえ、団体交渉って何?」

「団体交渉は、労働組合と使用者または使用者団体との間で、労働条件をはじめとする労使関係上の諸問題をめぐって行う交渉をいうんだ。ユニオンに入れば、これができるようになる。使用者に対して一人ひとりの労働者は弱い立場にある。だから、労働者は労働組合を結成し、その力を背景とした団体交渉によって初めて使用者と対等の立場で交渉し、労働条件の維持・改善、その他労働者の地位の向上を図ることができるようになるわけさ」

遥香の基礎的な質問にも、「ボクも昔は何にも知らなかったから勉強しました。聞いてくれてありがとう」と言って、ノロシーは丁寧な答えを返していた。美里はそれを温かく見守るように聞いていた。

2人のやり取りを一言も発せずに黙って聞いていた正一が口を挟んだ。

「すいません、初対面でこんなことを聞くのもなんですが……ユニオンって攻撃的な人が多いイメージがするんですが」

遥香も彼氏の質問にうんうんとうなずく。ノロシーは笑って答えた。

「ボクは平和主義者で、揉め事が好きではないので交渉とかには出たりしません。ボクはできることしかやっていないし、できないことはやっていないんだ。そんなボクでも委員長を務められる多様性のある組織がここだから。みんな違って、みんないい。みんなが居心地の良い空間を目指しているんだ」

その時、外でキキッという音がし、タクシーが雑居ビルの前に停まるのが2階の窓から見えた。タクシーから派手なシャツを着た男性が降りてくる。あの人が？　美里の胸の鼓動が高鳴った。

事務所では正一が質問を続けていた。

「それから……サヨクだっていう人もいるんですけど、大丈夫ですか？」

「おお、ボクもユニオンはサヨクだっていうウワサを聞いたことがあります。でもここ、一人でも入れて出入り自由な組織だから。ウヨクが好きな人もサヨクが好きな人も、いろんな人がいると思うよ」

遥香は、ユニオンに対するイメージがかなり変わってきていた。

「ノロシーさんはどちらですか？」

ノロシーはちょっとぽっちゃりした自分のお腹に目線を落としてから、こう切り返した。

「ボクは食ヨクかなあ、見ての通り……。でもね、ノロシーのおなかにつまっているのは〝脂肪〟ではなく〝希望〟なんだ。大きなおなかには、未来への希望、人類への希望が詰まっているんだ」

その時、ノックもされずに扉が開いた。

「おいおい、違てまっせ。希望は胸に詰まっているものやろ。おなかに詰まっているのは脂肪やど」

扉が開くと同時に野太い声が飛んできた。悠々と事務所の中央に歩みを進める。黒服と柄シャツに鋭い目つき。そして、男は相談コーナーに座り名刺を差し出した。

美波帝《みなみみかど》――それがこの男の名前であった。

6 夜の帝王、登場

「お待たせ。遅れてしもて申し訳ない」

美波は右手を挙げてノロシーに声をかけ会釈をしてきた。それから、美里と遥香と正一にそれぞれ名刺を渡し、自己紹介をした。ユニオンの書記次長をしているらしい。

「はじめまして。美波さんですね」

遥香と美里は、同じように目を見開いて美波の服装に目をやった。美波の派手な姿は、いつもスーツ姿の北斗とは対照的ないでたちであった。

「座らせてもらうで」

美波が三人に声をかけ、相談コーナーで向き合う形になった。

「美里さんのことは北斗さんから、優秀な美人さんと紹介してもろてます」

美人さん、と言われて美里はわずかに眉を上げた。

「で、悪いんやけど、議事録とってもろてええかいな?」

(えっ、いきなり?)美里は一瞬戸惑ったが、すぐに気を取り直してノートパソコンを開き議事録を取り始めることにした。

「北斗さんから少しだけ聞かせてもろてるんやけど、ややこしそうな案件やねんなあ」

遥香はうなずく。

「この業界って給料からいろいろしょっぴかれることが多いんやけど、なんか引かれとったかな?」

「いろいろと天引きされていました」

「それから、この業界って前科がある人なんて多いんやけど、このお店はどう?」

「店長は前科があるって言っていました」

「ほう。店長に前科があるとして、店長は今〝弁当持ち〟なんかいな?」

「わかりません」

弁当持ちとは、執行猶予がついている状態を意味する隠語だ。

「お店に入るとき身分証明書やら見した? 従業員名簿やら作ってる? 名簿に写真は貼ってある?」

「身分証明書とかは見せなかったように思います。ちゃんとした従業員名簿はあるかわかりません。写真は貼ってなかったと思います」

「そうすると、ミテコやらもおるのかな?」

ミテコとは、身分証明書が提出できない娘を意味する隠語だ。

(この人は……)遥香の直感がざわめき囁《ささや》く。(間違いない! この人は、風俗業界の関係者だ!!)

美波は給与明細を手に取った。

「ちょっと見せてもらうで。……この給与明細、時給の記載がないし、何が控除されているのかさっぱりわからんようになってる。わかる範囲で教えてほしいんや」

「毎月、カクテル練習代3000円、クリーニング代、税金が引かれています。給与明細には時給の記載がありません。時給は30分単位の計算で切り捨てられます。給与は手渡しです」

「なるほどなぁ。給与明細に詳しく書くと違法になる。だから書いてないっちゅうこっちゃな」

「そうだと思います」

「だから北斗さんは、準備時間や深夜割増の未払いや色々合わせて概算で請求したというこっちゃな。つながったで」

美波の問いに、遥香は大きくうなずいた。

「NPOで北斗さんが労働基準法に関することはヒアリングしてくれとる。けど、オレには、別の観点からの質問に答えてほしいねん。答えたくないことは答えなくてもええねんで」

美波は続けて問いかける。

「まず店長のことや。前科があるとのことやけど……。ハッタリで前科がある言うとるだけなんか、しょんべん刑（軽めの実刑判決）で出てきたんか、今まさに弁当持ちなんか、弁当がきれとるんか（執行猶予満了）、その辺が気になんねん」

「店長の前科は、前にやっていた店の責任を取らされた形で、5年くらい前のことみたいです」

美波は手帳にメモを取っている。

「週5日・1日4時間勤務で、月10万円前後の収入を得ていたんやな。辞める際に最後の給料がもらえないことが多い業界のようやけど」

遥香は、ほかの人が辞めた時の状況に関しても、まとめて話した。

「入店後1か月くらいで辞めた人は給料がもらえていたみたいですが、店外で悪口を言った人や、店として辞めてほしくない人は最後の給料がもらえない様子です。お客さんにお店を辞めさせてもらえないと言ったことがばれて解雇された人もいるみたいです。辞めた後は、その人が次にどの店に行ったか探るくらいで、特に殴り込みなどはしない様子です」

なるほど、と美波はうなずき、もう一度確認をさせて欲しいんやけど、と言って風営法にかかわる質問を始めた。

「従業員名簿は作っとるんか?」

「ちゃんとした従業員名簿は作ってないです。写真も撮られていません。履歴書のみ渡しました」

「採用の時、身分証明書を見せるように言われたんか?」

「覚えていません。多分、見せてなかったような気がします」

「客との接触はあったんかな?」

「わりと触ってくるお客さんは多かったですし、お客さんが料金を支払えば横に座って話ができたり、ビンタしてもらえるというオプションもありました」

美波は顔を上げて、遥香と目線を合わせた。

「ガールズバーでは客と接触したらアカンのやで、接触してもええのはキャバクラや。せやけど、キャバクラやと〝飲食接待風俗〟になってしまいよる。そやから、風営法逃れのために、脱法的にガールズバーにして〝飲食店〟の形を取っとるちゅうわけやろな」

ガールズバーは、客とカウンター越しで飲む形式だ。遥香もはじめはカウンターでの接客のみだった。でも、近くに若い子が働くようなメイドバーができると、遥香の働くガールズバーも対抗するようになっていった。遥香はその経緯について話した。

「おおきに。だいたいわかったで」

美波は一通り聞きたいことを聞けたというように親指を上げた。

「それで、内容証明郵便を出したのに、つれない返事やったらしいな」

遥香は、内容証明郵送後の店長からの留守電を再生した。

「こっちには義務はありません。金は払いません。義務というならあなたも義務を果たしてください。異議申し立てするならやってください……」

留守電からは、けんか腰に話す若い男の声が再生された。美波は不敵な笑みを浮かべ、そして力強く言った。

「ホナ、やらしてもらいましょか」

7　命がけの闘いの始まり

美波は、賃金を不払いにしている夜の店に対し、事実上の〝宣戦布告〟をした。遥香は心強く思ったが、同時に別の不安に襲われた。

「私、働いていたとき〝送り〟があったんです。だから、住所が知られていて、家に押しかけられたり、脅しが不安なんです」

遥香が心細そうに呟くのを聞いて、美波は正一に目で合図をした。

「今は家が離れているんです。将来は一緒に住もうって話し合っているところなんですが……」

正一のセリフに遥香が少し照れるのを見てから、美波は穏やかに返した。

「10万や20万のために、警察沙汰は起こさへんやろ。何かあったらすぐ連絡してや。本当に脅してきたような場合、奥の手を使えばええ」

「奥の手って何ですか？」

「民事保全法23条の『仮の地位を定める仮処分』。その中で、『接近禁止の仮処分』を使えば、相手は半径200メートル以内に近づけなくなる。覚え方は簡単や。怖い兄さんやってきそうなら民事保全法23条。ニーサンで覚えるんやな」

ちょうどその時、ユニオン事務所に遅れて北斗が到着した。北斗は構わず続けるように手で合図をした。

それを受けて、組合で交渉する場合における今後の流れについて、団体交渉申し入れ書の時点で本人と連絡を取り合わないようにと要求すること、本人にやり取りをさせることはないこと、団体交渉をした場合でも目安として解決までは3か月くらいかかることなどについて、美波は説明した。

「どないですか、組合に加入されますか。この業界の問題は、女性自身が声を上げて変えていかなあかん思うで」

うーん、と考える遥香に、美波は、煙の出ない煙草をくわえて、右斜め上の方向に向かって言葉を投げかけた。

「やっぱり午前中にショックを受けたんやろ。彼氏さんが心配して突然やってきたことからしても、ユニオンに対して警戒心や不安感があるのが丸わかりや。ホンマに味方になってくれるやろうかと。でも午後からは少しは心がほぐれたんちゃうかな。組合に入るかどうか、ゆっくり考えてもろたらええですよ」

遥香は少し体をねじりながら、恥ずかしそうに話した。

「午前にきつい言われ方をしたのは、まだちょっとだけ引っかかっています。でも、私、こんな状況の中で、助けてくれる組織があるとわかっただけでも心強く感じているんです。私、無知を痛感しているんです。いろんな団体が労働問題で困っている人たちのために活動していること自体、初めて知ったようなもんだし。でも……ホントにいいんですか？」

遥香は午前中に言われたことを思い出し、確かめるように美波に尋ねた。

「その会社に残って頑張ろうという人なら応援してあげられるけど、辞めている場合は応援できないと言われたんです。辞めていても応援してもらえるんでしょうか?」

「もちろん」

「雇用関係が明確でない場合は引き受けることができないって……」

「雇用契約書がないだけで、辞めていても給与明細があるから雇用契約があったことは言えると思う」

「マトモな仕事にフツウに就きなさいとも……」

「マトモって何? フツウって何?」

「相手もややこしそうだし、私の案件を引き受けると迷惑が掛からないでしょうか?」

「迷惑かかるにきまっとる。お互い様や。今まで一度も他人に迷惑をかけずに生きてきた人なんておらんやろ。おるんやったら連れてきてくれや」

美波は遥香からの質問を〝ちぎっては投げちぎっては投げ〟した後、煙草をポケットにしまってから言った。

「だいぶ厳しい言い方をされたみたいやなあ。けったくそ悪いやろうけど……カンニンしたってや」

そして、これは独り言やけど、とわざわざ断ってから持論をまくしたてた。

「『夜の仕事やなしに、もっと〝マトモな仕事〟に就きなはれ』ってか。その理屈やと、『なんでブラック企業に就職しましてん？　もっと〝マトモな仕事〟に就きなはれ』っていう理屈になってしまわへんか？」

遥香がうなずくのを見て、美波は続けた。

「人は何かをして生きていかなアカン。〝椅子取りゲーム〟の世の中がつくられてしまっていること自体が問題なんや。しかも、その中には壊れた椅子が混じっている。マトモな椅子を選べっていう上から目線の指摘は、反感を買うことはあっても、なんの問題解決にもならへん。そんな世の中を変えていくのがオレたちの仕事とちゃうんか」

遥香は美波が熱く語るのを、顔を上気させながら聞いていた。そして、茶目っ気たっぷりに、

「次来る時までに考えさしてもらうつもりやったけど、今、加入させてもらっていいですか」

と大阪弁のイントネーションで言った。遅れてやってきて2人の会話を聴いていた北斗が目で合図をした。ノロシーは小さくうなずくと、組合加入申込用紙と組合規約、機関紙を遥香の前に置いた。

「では、申込用紙に記入していただき、加入費と組合費を納めていただきます」

遥香は、申込用紙を記入するとお金を財布から取り出して再び頭を下げていた。

「よろしくお願いします」

「こちらこそよろしく」

北斗は笑顔で遥香の手を強く握った。

「遥香さんが地域労組に加入してくださいましたよ～」

ノロシーが嬉しそうに自分の体を揺すった。

美波は遥香とのやり取りをいったん終了し、正一の方を向いた。

「正一さんは、遥香さんにホの字なんかな?」

(ワ、直球すぎ!) 美里はそう思って首をすくめたが、正一はまっすぐ前を向いて答えた。

「はい、惚れてます」

「遥香さんとの馴《な》れ初《そ》めを教えてもらいたいんやけど……」

「出会いはガールズバーでした。僕が客として行って、お店で働いていた遥香に一目惚れをしました。毎日仕事で大変で灰色の人生でした。そんな中で遥香と出会い、疲れが吹っ飛びました。それから、彼女一筋でお店に通い、プライベートでも会うようになりました」

「正一さんは肉体労働をしたはるのかな?」

「どうしてわかるんですか?」

「作業着から覗《のぞ》く腕を見たらわかるがな。あと、失礼だけど……正一さんは昔は遊び人やったんかな?」

「遊び人というわけではないですが、少しは遊んだかもしれません。でも、今は彼女一本なので浮気とかしません。今はガールズバーにも行っていません。僕は遥香には夜職を辞めてほしいと思っています」

「もう一つ、失礼な質問でカンニンや。ガールズバーやナイトクラブで働いている女のコは、結構、世の中を斜《はす》に見ているというか、男を手玉に取るというか、手練手管《てれんてくだ》に長《た》けているというか、そういう人も中にはおると思うねんけど……」

「遥香は違いますよ」

「わかる。そう思う。遥香さんのどこに惚れたんかな？」

「遥香は……本当は人見知りで結構クールなんですよ。それなのに水商売で働いてきたのがいじらしかったというか。それに、遥香はモノを言うときはいつもなんか本気なんです。混《ま》じりがないんです。それがこっちにもわかるんです。伝わるんです。人間がモノを言うときは、色々ごちゃごちゃと、いろんな計算とか感情とかをつけてきたりするんですけど。遥香はそれがないんです。だから僕は、わりと気持ちいいんです。僕、うまくしゃべれていますか？　僕の言いたいことわかります？」

美波は大きく2回うなずいた。

「わかるでそれ。オレもそう思た。ある意味で遥香さんは素朴やねん。まっすぐやねん。オレもある意味やられてしもた。そやさかい、助けてやらなあかん思た」

それから美波は真剣な目になって、正一と向き合った。

「相手チンピラや。わかるやろ？　ここから先は命がけの世界や。大袈裟《おおげさ》やなしに、アイスピックで刺すようなチンピラも中にはおるの知っとるやろ」

「……はい」

「今回取り返すのは金だけやあらへん。傷つけられたプライドを取り戻してやりたいんや。労働者の権利、人間の誇りを取り戻す闘いなんや。俺も命がけで取り返すさかい、お前も命がけで遥香さんを守らんかい。約束や。彼女を一生幸せにしますと約束できるか？　でけへんなら、オレが遥香さんを取るかもしれへんど」

数秒の沈黙が流れた後、正一は力強く宣言した。

「約束します」

正一は、美波と固い握手を交わした。

8　ガールズバー初体験

遥香と正一が帰った後、北斗も別件で弁護士との打合せがあるといって事務所を離れた。まだ事務所に残っていた美里は美波に尋ねた。

「さっぱりイメージがつかないです」

「何のイメージがつかんのや」

「毎月、カクテル練習代やクリーニング代が引かれているとか。前にやっていた店の責任を取らされて店長に前科があるとか。辞める際に最後の給料がもらえないとか。客と接触しているとか。

キャバクラとガールズバーの違いとか。飲食接待風俗って何とか。それから……」

「ほとんど全部やないか」

美里はこくりとうなずいた。

「はは〜ん、だいたいわかったで。君、ガールズバーに行ったことないやろ？　よし、社会勉強してみよか、行くで！」

「いつですか？」

「今日。今からや」

「？」

「オレもそんな暇な人間やない。チャンスの神様は前髪しかないんや。今に切り込め！」

「！」

「美里さんはジャーナリストを目指してるんやろ。それやったら、社会をもっと知らなあかん。現場に入り込んで、実際の現実を見なあかん。二次情報ちゃうで、一次情報に触れなあかんのや。頭で考えるんやなくて、実際に行ってみて体感しておくのが大事なんや。そうと決まれば、潜入取材決行や」

「出世払いやで」と言われたが、お金は美波が出してくれるというので、美里は〝潜入取材〟を決行することにした。

「おまえも変わっとるなあ」

「おまえというのはよしてほしいです！　私、もう何回も言っていますよね。事務所では私のことを〝美里さん〟って呼んでくれていたのに、なんで外に出ると〝おまえ〟になっちゃうんですか？」

「オンとオフをうまく使い分けてるねん。呑みに行くときはオフやろ。そや、おまえもオレのこと、おまえいうたらどないや。それやったらあいこやろ」

「私、年上の人をおまえなんて呼べません。常識人ですから」

「その言い方やと、まるでオレが常識人ちゃうみたいやないかぁ」

ほんま、優等生のお嬢さんはやりにくいワと、美波は独り言《ひとご》ちた。

大阪・京橋。時刻は平日の午後10時前。街は煌《きら》びやかなネオンライトに彩られている。その中を歩くと、あちこちから声がかかる。

「お兄さん、どこかお探しですか？」

「飲み、どうですか？　1時間2500円！」

「メイドバー、初めての方なら1時間3500円！」

キャッチ要員の女のコたちだ。メイド姿の人も、コスプレ姿の人もいる。

「どの店に入りたい？」

「店長に前科があるとかはヤです。遥香さんの働いていたお店以外がいいです。安全なお店」

「変なこだわりやなぁ。誰に前科があるかとかは、外から見ていても分からへんど」

美波は、ガールズバーの女のコに自ら声をかけた。

「2人いける?」

「いけます」

「コイツもいい?」

「お嬢様のお連れ様ですね。大歓迎です。お連れ様もどうぞ」

キャッチ要員の女のコに連れられてビルの一室に到着した。席数は20足らずでカウンター席が多いが、テーブル席もある。

(なんだ、ただの呑み屋じゃん)

美里はちょっと拍子抜けした。ただし、胸元を強調したような服装を着た女のコたちがいる。

(これがガールズバーか……このあたりは想像通り。1時間2500円なら料金的にもお手頃かも)

席に座ると、髪の毛を〝巻き巻き〟にした女のコが話しかけてきた。

「えっ、なんで年下の女のコ連れで来たの? 彼女?」

「ちゃうちゃう。社会勉強ちゅうやつや」

美里も思い切って聞いてみる。

「女性がこういうお店にお客さんとして来ることはないんでしょうか?」

「わりとありますよ」

〝巻き巻き〟が斜め後ろに向かって喋りかける。

「みーちゃん、この前も年配の女性社長が、若い男のコの社員を何人も引き連れて呑みに来られていましたよね～」

「ああ、あのお金持ちの女性社長さんね～」

斜め後ろから返事がする。そして〝巻き巻き〟が続ける。

「へーっ。ミナミさんって言うんだ。よろしくね。東西南北の南ですか？」

「ちゃうで。ビューティフル・ウェーブや」

さっそくメール交換・LINE交換をしている。

「アタシ、横に座っておしゃべりしたいなぁ。あっ、そうそう、横に座っておしゃべりできるサービスは1時間4000円ね」

美波がOKするのを見て、〝巻き巻き〟が美波の右側の席に座る。

「料金、教えとくね。Sサイズのビアが1杯1000円、Mサイズが2000円、Lサイズが3000円。アタシら、自分で飲むお酒が売上になんねん。そやからいっぱい飲ましてぇな」

「おう、飲ましたるで」

美里が戸惑っていると、今度は両手すべての爪にネイルアートを施した女のコがニンマリしながらカウンターの前へと寄ってきた。

「美波さん、あたしも飲ませてね。あたし、おっきいのが好き」

そう言うと、〝ネイルアートちゃん〟もLサイズのビアをガバガバと飲み出すではないか。

そのほかにもチーズやフルーツを注文。気がつくと、Lサイズ5杯を2人は飲んでいた。さらに店の言う20％の〝税金〟を合わせ、ほんの1時間で勘定は3万4500円となった。


店を出てから、美波は美里に潜入取材の感想を聞いた。

「勉強になったやろ。店のキャストもさすがや」

「お店のシステムはわかりましたけど、キャストがさすがってどういうことですか?」

美波は、がっかりしたような表情を見せた。

「う～ん。おまえ、やっぱ大学生のお嬢さんやな。今のままやったらあかんな。絶対、ええジャーナリストにも記者にもなられへん。何見とってん。せっかくオレが金を出したったのに」

「私が良い記者にはなれないなんて、どうして勝手に決めつけるんですか?」

「あのな～おまえ、樹木を知ってるか? 樹木は春夏秋冬を経て初めて年輪ができるねん。人間も同じや。いろんな季節を経験すると味がでたり幅ができたりする。人生にも春夏秋冬があるねん。おまえ春しかあらへん。おまえが冬と思っているのはちょっと寒い春の日や。そやろ。いろんな季節を知らん、幅があらへん。観察力や洞察力以前の問題や」

人にそんな風に言われたのははじめてだった。美里は唇を噛《か》んだ。

「じゃあ聞きますけど、あの女のコたちのどこが良かったんですか?」

「魚心に水心や。こちらの状況を一瞬で把握したうえで、オレに恥をかかせることなく、連れにも社会勉強をさせてくれながら、自分たちの商売にもつなげた。さすがや」

「あの店はぼったくりじゃないんですか？」

「ああいう店やぞ。ああいう店は、あんなもんや」

「えっ、でも……1時間2500円で飲み放題の約束じゃなかったっけ？」

「ああいうもんやねん。ブサイクな女のコに数人がかりで飲みまくられて、1時間で7万円払ったこともあったぞ！　おまえやっぱり、値段やら女のコががぶ飲みするところしか見てへんかったやろ？」

「……」

「そういえば、ユニオンでは記録係を頼んどったなぁ。寝る前に、遥香さんとの面談記録をメールに添付して送っておいてくれよ。忘れんうちに」

（あっ、すっかり忘れちゃってた。でも、呑みに行くときはオフのはずじゃなかったのかね、まったく美波さんときたら……）

まだ煌びやかなネオンライトに包まれている街を、2人は後にした。

美里は帰路ではずっと美波のことを考えていた。

（美波さんは他の方とは違う意味での凄さがある……下品だけど）

デリカシーがない点は残念だけれど、行動力・突破力がある。美波を評価する声があることについても、なるほどと思った。

美里は夜遅く京都の下宿に帰宅した。そして、要望されていたメールを送った。

＊

美波さんへ

久田さんとの面談ではお世話になりました。

面談記録を添付しましたのでご確認ください。

私は、美波さんが厳しいこともちろん伝えていらっしゃったけれど、加えて久田さんの悔しい気持ちとか思いを引き出しているのが印象的でした。

NPOの面談時点で、あそこまで引き出せていなかったと思います。

久田さんの本当の気持ちはわからないですが、つらかったことを少しでも吐き出すことができていたんじゃないかと思います。

美波さんが最後に「この業界の問題は、女性自身が声をあげて変えていかなあかん」とおっしゃっていましたが、その通りだと思います。ただ私はぬくぬくと育ってきた身ですので、彼女らの苦労について全然理解できていないように思います。

それでもNPOの活動に参加させていただいて「理解するだけでは社会は変えられない」「現実にその人たちが抱えている問題の根本を取り除ける活動をしなければいけない」のだとつくづく感じています。その大きなひとつにNPOやユニオンの活動があると私は思っています。

だから今回も、久田さんがコミュニティ・ユニオンで交渉をする際には、私もあらゆる面でサポートしていきます。

よろしければ私もコミュニティ・ユニオンに入って団体交渉に参加することも考えておりますので、どうぞよろしくお願いします。

追伸

ガールズバーに連れて行ってくださって、ありがとうございました。

山川美里

＊

同じ頃、美波も、大阪の自宅に帰宅した。そして、仕事の続きをするためにパソコンを開いて、メールを受信していることに気が付いた。

あいつは「ぬくぬくと育ってきた身」やからなぁ。

メールを読んだ美波は少し嬉しそうに笑った。

9　美里の知らない世界

次の日、美里は二日酔いの頭を抱えながら、いつものようにＮＰＯ事務所に向かった。

「昨日は激動の一日でしたよ」

「充実してた？」

「はい。午前中は遥香さんがけんもほろろに言われちゃうし、午後は美波さんが法律家らしからぬ格好で現れてカップルを挑発するし、夜はガールズバーに連れていかれるし……」

「えっ、美里さんがガールズバーに連れていかれたことは聞いていないぞ……」

「そうそう、昨日のガールズバーでの出来事を北斗さんに報告しなきゃ」

美里は、昨夜のガールズバーでの出来事を北斗に話し始めた。

「美波さんは、外では私のことを〝おまえ〟とか馴れ馴れしく呼ぶんですよ」

「それ、相手との距離を縮める美波のテクニックかもなぁ。相手によっては失礼と思われるかもしれないけど」

「美波さんはいつもあんなお店に行ってるんですか？」

「彼は行政書士として、営業許可の許認可申請など風俗や飲食関係の手続きをよくしているからね。自分が手をかけたお店には飲みに行って、お金を落としているみたいですよ」

「美波さんって、なんで労働問題に関与しているんですかね。他の人と比べて、なんだか美波さんだけ違う雰囲気を持っているような……」

北斗が何か言いかけたのを飲み込んだのを見て、美里は話題を少し変えた。

「なぜ、遥香さんは夜のお店で働いているんですかね？　私、実際に行ってみて少しはイメージができるようになったんです。労働法を無視したお店で酔っ払い客の相手をするんでしょ」

「ナイトビジネスの業界自体が健全な業界とはいえない部分はあるけれど……。ナイトビジネスや風俗業界の中では、ガールズバーはまだ健全な部類に入るのではないかと思うよ」

「健全な部類に入る⁉　胸元を強調した服を着て、甘えた声を出して、アルコールをたくさん飲んで、お客さんにお金を払わせるのにですか？」

北斗は黙って聞いている。

「そうそう！　遥香さんは下半身が動かなくなる状態になって、体に湿疹ができて、ストレス性の症状の診断書をもって相談に来られたんでした。店長から『全然飲めてない』などと毎日詰められて鬱気味になっちゃって、メンタルを破壊されてドクターストップがかかったんでしたよね」

美里は、遥香とのやり取りを思い出しながら、少ししんみりとした口調で話し続けた。

「遥香さん、根性ありますよね。お店で頑張って働いてきて。給料も支払われず、監禁されたり怒鳴られたり、いろいろつらいこともあっただろうに……。あっ、店長さんに前科があるっていう話だったじゃないですか！」

北斗はつとめて冷静に答えた。

「遥香さんはつらかったと思います。違法が蔓延している業界だとは思います。ただ、前科がある人は、前科があるというだけですよ」

「でも、犯罪者じゃないですか！」

「じゃあ、労働NPOで活動をしている仲間として美里さんにお聞きします。前科がある人はどこで働けばいい？」

美里は思ってもみないことを聞かれ、沈黙した。北斗は、社会保障が脆弱なこの国において、と前置きをしてから穏やかに言った。

「風俗業界やナイトビジネス業界は、一定の人たちには、セーフティネットとして機能しているんです」

「セーフティネットですか？」

「そうです。残念なことですが、それがこの国の現実です」

そして、北斗は少し悲しそうに続けた。

「ただし、この黒いセーフティネットは、底に穴が空いている……」

北斗がそう口にするとき少し涙目になっているのを見て、美里は俯《うつむ》いた。胸の奥から熱いものが込み上げてきた。そして、昨夜美波に言われた、「今のままやったらあかんな。絶対、ええジャーナリストにも記者にもなられへん」という言葉を思い起こしていた。

夕方になって、恵子がやってきた。話題はやはり、昨日のことだ。

「正一さんは、遥香さんのこと、好きなんやなあ。ほんなこつ好きでたまらんのやなあ」

「博多弁でいう〝好いとーよ〟ですね」

「うちは〝好いとーよ〟はあんまり使わん。〝好かん〟はたくさん使う」

「〝好いとーよ〟以外にも、好きな人に告白するときに使う博多弁があるんですか？」

「〝好きっちゃんね〟やね。……そういえば美里さんは、京都に住んどーんに、京都弁はしゃべらんっちゃなあ」

「私、生まれも育ちも関東ですから。恵子さんはずっと九州なんですか？」

「うち、小学校も中学校も高校も大学も福岡なん。就職も福岡やった。やけん、博多弁しかしゃべれんばい」

「ザ・福岡って感じですね。それで、どういうきっかけで関西に来られたんですか？」

「うち、大学が法学部やったけん、社労士事務所に就職した。そこの経営者であった社労士先生が若か女性の先生で。そりが合わんやった。いじめられてパワハラされて結局やめることになったんばい。そん時に彼氏に相談したら、彼氏にもフラれてしもうた。ひどくなかか？」

「ひどいです、仕事のことで落ち込んでいるときこそ、励ましてほしいのに……。それじゃ泣きっ面に蜂じゃないですか」

「彼氏はうちが仕事ば辞めるとは何ごとやとはらかいた。専業主婦を希望しとーて思うたみたい。『専業主婦やパートでしか働かん人とは結婚できん』って言われたんばい。彼はうちを愛しとったんじゃなくて、正社員としてのうちを愛しとったとやろうか。それでうち、傷ついて、生まれて初めて福岡ば離れた。うちのことを誰一人知らん大阪に移って一人暮らしば始めたんばい」

「30年近く生まれ育った町を離れたんですね。でも、なぜ大阪なんですか?」

「うーん、福岡は九州では大都会なんやけど。福岡離れるとなったら東京か大阪しかなかね。東京は遠かかなて思うて。あと、大阪に親戚がおったんも決め手になったかな」

「大阪では仕事はうまくいったんですか?」

「大阪では法律事務所に就職したんやけども、ボスがおじいちゃん弁護士で、面接のときからうちのことをちかっぱ気に入ってくれた。娘か孫娘でも見るような感覚なんかね。博多弁で喋るとかわいらしいって言うてくる。あいらしがってくれるばい」

「仕事はうまくいったんですね。大阪では恋愛もうまくいったんですか?」

「……」

それまでリズムよく答えてくれていた恵子の口が一瞬止まった。

「……あんたは好きな人はおると?」

えっ……突然恵子に尋ねられて、美里は戸惑った。すると恵子が続ける。

「うち……北斗ちゃんのことや美波ちゃんのことが好きっちゃんね。ばってん……今でも前の彼のことを愛しとー」

美里は少しドキッとして、次の言葉を待った。

「彼のことだけば愛しとったん。やっと、それがわかったと」

そんなこと私に言われても……と思いつつ、美里は尋ねた。

「よりを戻すことはできないんですか？」

「時間は元には戻せんばい」

そう言って、恵子はうっすらと涙を浮かべた。普段気丈《きじょう》な恵子の涙を見て、美里は少し動揺した。その一方で、相手が真剣な告白をしているのに、その重みをどこか別のところで受け流して聞いている自分はまだまだ学生なのだろうな、と覚めたことを考えていた。

10　大人の事情

労働ＮＰＯでは、毎週末に相談員ミーティングが開かれる。森脇、岩松、北斗、恵子に美里が加わって、ミーティングが始まった。定例協議事項として、案件の共有と打ち合わせをする。それ以外に特別協議事項として、美里は遥香さんが〝たらいまわし〟にされた件について、納得できる説明と今後の改善を求めていた。

そもそも、美里は本件に関わる団体同士の関係がわからなかった。森脇先生が説明する。

「このＮＰＯは、設立前は存在せなんだ。設立準備段階で、若手の弁護士、若手の社労士、若手の労働組合役員、若手の学者に声かけて集まってもろうたんや。特に労働相談を担当してもらえる人はポイントやった。その一人がコミュニティ・ユニオンの北斗さんやった。北斗さんの紹介で、後から福岡さんも加わったというわけや」

「それはこのNPOとコミュニティ・ユニオンの関係ですよね。私は、浪速労連会とコミュニティ・ユニオンの関係がよくわからないんです。そうするとやっぱり、三団体の関係もよくわからなくなります」

美里は遥香の件について、もう一度北斗に説明を求めた。

「遥香さんの案件、どうして浪速労連会・相談センターを通したのですか？　最初から直接コミュニティ・ユニオンに行けば、遥香さん傷つかなくても済んだのに。初めから直接引き受ければよかったのに」

北斗は少し困った表情を見せながらも、説明を始めた。

「初めに浪速労連会・相談センターに行ってもらったのは、〝大人の事情〟かな。あの案件は、あちらを通してコミュニティ・ユニオンを紹介してもらうコースがベストだったからです。浪速労連会・労働相談センターは、無料相談だし相談しやすいという人もたくさんいます。ただ、組織には方針というものがあってね。今回の案件は、組織全体の方針からみても微妙な案件だったからこそ、慎重に進めたかったのです」

森脇先生が捕捉する。

「組織の方針というのは、はっきり言うと、組織の拡大につながらん案件では相談者を受け入れにくいんやろ。あっ、こりゃ労働NPOやコミュニティ・ユニオンの方針じゃのうて、浪速労連会というナショナルセンターの方針のことを言いよるのだけれども……」

森脇先生から北斗がバトンを引き継ぐ。

「浪速労連会は、労働者の組織化、労働者全体の地位向上という崇高な理念を掲げています。ですから、解雇撤回して会社に戻りたい人は大歓迎、組合員のいる職場を増やそうというのが方針ですから。職場の中に組合をつくって当局と交渉する、昔ながらの伝統的労働組合のあり方にも通じます。逆に、崇高な理念の裏返しとして、解雇されたとき『お金が欲しいので金銭和解の交渉をしてください』という頼み方をすると、渋られる可能性があります」

岩松先生がぽつりと言う。

「崇高な理念というのも難しいなあ」

恵子が説明を追加した。

「うちが思うところによると、〝一人でも入れる労働組合〟であるコミュニティ・ユニオンは、浪速労連会傘下の団体ではあるばってん、いわば鬼っ子なん。伝統的労働組合のあり方とは組織論や運動論が微妙に異なるニュータイプちゅうわけばい。だいたい『職場で組合ばつくるためにコミュニティ・ユニオンに入る』なんて奇特な人はあまりおらん。みなさん、ご自身の問題を解決するために加入されるわけばい」

話を元に戻しますね、と言いながら、北斗がまとめを試みた。

「微妙な案件だからこそ、浪速労連会・相談センターを通してお墨付きをもらっておきたかったのですが、裏目に出てしまいました。そのような事情込みで、私や美波は直《じか》で引き受ける決断をしました。難しいからこそ、やりがいがあるとも思っています」

美里は、〝お墨付き〟がないのに微妙な案件を引き受けて大丈夫なのかを聞いた。うちの組織は大丈夫です、と北斗が穏やかに答えて、構造上の違いを説明し始めた。

「いわゆるカンパニーユニオンと比較して、コミュニティ・ユニオンは財政的に恵まれていません。全国的に見ても、コミュニティ・ユニオンにおいて完全な専従スタッフを置けている所は少なく、置いても1名だけのところがほとんどです。ですから、コミュニティ・ユニオンの中には、年金生活者に頼りきりの組織もあります。けれども、そのやり方では〝限界集落化〟していくのは目に見えています。

その点、私たちのコミュニティ・ユニオンは、4役を全員現役世代が務めている点に特徴があります。専従的役割を私、北斗が担っていますが、それ以外の方は組織から生活費を得ていません。ノロシーは生活保護で生きていける人間です。福岡さんは法律事務所の事務員として給料を得ています。しかもNPOの活動やユニオンの活動は、裁判に移行する場合には所属事務所と連携できるので、事務所からも活動を公認されています。

私も社会保険労務士事務所の所長として直受けした仕事から収入もあり、NPOからの手当金もあり、組合からも活動費をもらっている。いわば複数の収入源を持っており、いくつかの財布があることにより、リスクヘッジを図っています。美波も行政書士として自分で仕事を受けています。そういう各人がピンで勝負できる点は、この組織の完全な強みでもあります。

浪速労連会の人は組織人なので、組織から給料が出ている分、組織の方針に従わざるを得ない部分があるわけです。それはもう仕方がない構造上の違いです」

北斗の説明を聞いて、美里は財政構造と組織構造の違いについては理解できた。

「でも、それなら初めから直受《じかう》けしたら良かったはずで……後で揉めたりしないんですか？」

「そこは何とかします。世の中に絶望していた人に少しでも生きる気力が湧いてきたなら、そのお手伝いができたなら、それはそれで素敵なことだと思っています。たぶん、ここにいるメンバーは、誰かを幸せにするために活動をしているのだから」

美里はその説明を聞いて、〝大人の事情〟についてそれ以上突っ込むことはしなかった。その代わり、思い出したように、次の対象を美波にロックオンした。

「私はともかく、相談者は弱い立場で相談に来られていると思うんです。それを考えれば、美波さんって、派手な服装で、言葉遣いもあんな感じで、相談者を威圧することもあるんじゃないですか？」

恵子が美里に問いかけた。

「美里さんは美波さんのこと好かんの？　うちゃ美波さんのことを好いとう」

「私は好き嫌いのことを言っているんじゃないんです」

「美波さんのことが好かんのに～美波さんと一緒にガールズバーに飲みに行って～ご馳走してもろうて帰ってきたんや～。好きっちゃけど、素直になれんの。愛らしかねぇ。ばりかわいい」

「も〜、からかわないでください。私は、客観的に当事者のためになるかという点から、問題視しているんです」

「美波さんは当事者のためになることば誰よりもしとー」

恵子は、少し大きめの声でそう言い、真剣な眼差《まなざ》しで美里に向き合った。

「遥香さんは労働基準監督署にも自分だけで足を運んで体《てい》よく断わられとる。こげん難しか案件は弁護士も受けんばい。最終的に2か月分のバイト料だけは支払われたとしたっちゃ、着手金と報償金だけで足が出る。ぶっちゃけ金にならん。伝統的な労働組合も同じことばい。ややこしか相手やろうし、脅迫くらいされてやる覚悟がなかといけん。こげん案件で動いてやろうちゅう担当者がおるとすりゃ、美波さんくらいやろう。美波さんは金で動く人やなか。美波さんは遥香さんに心《ハート》を動かされたっちゃ」

岩松先生がぽつりと言う。

「美里さんは、同じ女性の立場から、遥香さんのことを心配して心に寄り添ってくれていることがよくわかる。でも、もう少しだけ肩の力を抜いてもいいんじゃないかなぁ」

森脇先生がミーティングのまとめを兼ねてハスキーボイスで発言した。

「美里さん、まあ、そう詰めるな」

私は別に詰めてませんから、と美里は拗《す》ねてみせた。

「北斗さんもいろいろ苦労しながら、気ぃ使うて、軋轢《あつれき》を避けようとしとるだけのことや。美波さんも誤解される性格やけど、弱い人には優しい人間や。やけど考えてみてよ。何もかも信じられんようになって打ちひしがれとるような人が、自分の問題解決してもろうて、『あー、助けられたな。もう一回世の中信じてみよかな』と思えたなら、幸せの総量を増やしたことにはならんじゃろうか。世の中に絶望しとった人に少しでも生きる気力が湧いてきたなら、そのお手伝いができたなら、そりゃほんで素敵なことなんやないかな。うちらはきっとそのために活動をしとるんだ思うわい」

美里は、森脇先生に尋ねた。

「……実は、ここ数日で自分の世界の狭さとか、幼稚さを痛感しちゃってて……。難しい案件だけど、私は少しでも遥香さんの力になれているんでしょうか？」

「相談者の方は、美里さんに励まされ、勇気づけられていると思うわい。優しさや思いやりが伝わっとるはずや」

「……それ、本当に信じていいですか？」

美里の表情に、やっと明るさが戻ってきたようだった。

11　突撃団交

作戦会議

CRAZY NIGHTという大阪・京橋にあるガールズバーで、退職の意思を伝えると給与が支払われなくなった給与未払いの案件について、今後の打ち合わせがなされた。

内容証明郵便を送付したが、振り込みがされることはなかった。遥香は、彼氏の正一とともに、組合加入を選択。今後いかなる手段を採るかについて、北斗、美波、遥香、美里が集まっての作戦会議が開催された。

「さて、これからが勝負です」

不安そうな遥香に、北斗が声をかけて励ました。北斗が〈団体交渉申入書〉を片手に話し始める。

「まず、労働組合という組織を後ろ盾として、団体交渉を申し込みましょう」

「団体交渉の申込みに応じてこなかったら?」

「その場合、店に直接行って交渉することにしましょう」

「交渉しても話にならなかったら?」

「その場合、地方労働委員会に申立てするか、裁判（少額訴訟）のいずれかの手段をとることにしましょう」

北斗と遥香の会話に、美波が割り込んだ。

「これまでの経緯からして、団交申入書を送付しても無視してくるのは目に見えとる。店に訪問して直談判《じかだんぱん》せなアカンやろな。あと、刑事告訴は考えてないんか」

「突撃団交をする覚悟で、人数の確保と、役割分担をきっちりと固めておくことにしましょう。刑事告訴は展開を見て考えましょう」

美波の意見に基づきそのように方向性を決めて、作戦会議は終わった。その翌日、団交申入書を送付した。

団体交渉

団体交渉の通知を送っても、予想通り、店からは一向に返事がなかった。それだけではなく電話をしてもつながらない。夜に電話をしたら一方的に切られた。

一般の会社が相手の場合、団体交渉を拒否したような場合には労働組合法7条に基づいて労働委員会に申立てをするのがセオリーである。だが、本件の場合、それでは時間がかかる。当事者の遥香は、当座の生活費が欲しいのである。

そこで、作戦会議での打ち合わせ通り、突撃団交で直談判をすることになった。日程調整をした結果、当事者の遥香、彼氏の正一、北斗、美波、美里、米内の6名が参加できる日を選んだ。これで人数確保はできた。役割分担は、北斗と美波が交渉担当のフロント。遥香と正一は当事者及び励まし担当。米内は録画担当。美里は記録担当。

決行日の当日。6人はいったんユニオン事務所に集まり、夕方、オープン前の店に直接赴《おもむ》くことになった。

「北斗さんと美波さんがそろい踏みですね。おふたりとも法律家のバッジ（紋章）付きでカッコいいです。私、腕章をつけるのも初めてかも」

美里が少し嬉しそうに話す。業務妨害や住居侵入という言いがかりをつけられないように、憲法上の正当な権利行使であり「正当行為」であることをアピールしなければならない。メンバーは全員が団体交渉申入書を手にし、労働組合の腕章を腕に巻いて、ユニオン事務所からお店に向かった。

6人は店の前までやってきた。派手な看板があるが、重厚な扉を開かないと中は見えないような作りになっている。

「とりあえず、男4人で店に入ろか。安全が確認できたら米内君を呼びに行かせるさかい、その後で女性の2人にも入ってもらうことにしよか」

美波に従い、先発隊の男性4人が、美波、北斗、米内、正一の順に店に入っていく。

そのまま5分が経過した。夜のお店にありがちな重厚な扉は、カラオケなどの防音機能を兼ね備えているからだろうか。中の音は聞こえず様子がわからない。

米内が店から出てきた。

「どうでした?」

と、語りかけて美里はぎょっとした。米内は真っ青な顔に縦筋を作ったまま、一点を凝固して小刻みに体を震わせている。美里は、背筋に冷たいものが走るのを感じた。

「私たちも入って大丈夫そうですか?」

美里はもう一度恐々《こわごわ》と話しかけたが、米内は蚊の鳴くような声を絞り出して何かつぶやいている。

ただならぬ様子だけが伝わってきたが、遥香が覚悟を決めたように、無言のまま重そうな扉を開けた。かつての職場、CRAZY NIGHTへ入っていく。美里も意を決し、遥香に続いて入っていった。

「おまえら、全員いてまうど！」

大きな罵声が飛び交っていた。美里は大きく目を見開いた。

店内は割と狭く暗い。その中で店側と思われる男性2人が怒鳴り散らしている。店長らしき男と、ヘビのような舌の男だ。店長らしき男は、大きな怒鳴り声で北斗に因縁をつけている。

「おまえら、結局、銭金《ぜにかね》のこと言うとんやろ！　それやったら命のやり取りすることもあるんやど！」

店長らしき男はそう言っていきなり北斗の胸ぐらをつかんだ。顔を数センチのところまで近づけ、白目を向いて、北斗にメンチを切りながらずっと怒鳴り続けている。

もう一人の男、〝ヘビ男〟は、こちらに向かって怒鳴っている。

「おんどれ、誰やねん！　おんどれら、なに勝手に入って来とんねん！」

新たに入ってきた女性たちを獲物と認識したかの如く、ヘビ男はこちらの方向に体の角度を変えた。威圧するような発言の後、舌をチラチラとさせながら美里の方に近づいてきた。

「誰やゆうとんねん！　店に勝手に入ってええ思とるんかい！」

暗い店内で〝ヘビ〟が近づいてくる。美里は、後ずさりするような姿勢になった。胸の心臓の鼓動が激しくなり、脈拍数が跳ね上がっていくのが分かった。

（お願い、近づかないで……お願い！）

気づけば、誰にも聞こえない声でうわ言のように叫んでいた。

ヘビ男と美里との距離がとんでもなく近づこうかという時、さっと間に入ったのが美波であった。

「おんどれ、何を邪魔しに割り込んどんねん！　われ、喧嘩売っとんのか」

ヘビ男は美波に顔を近づけて、嘗《な》め回すように見回している。

「やっぱ男前やさかい、見たなる顔なんかいな〜。美形って罪やぁ」

その言葉にヘビ男はますますいきり立って興奮しはじめた。

「まあまあ、そないに興奮せえへんでも。落ち着きなはれ。今は民事の話をしてまんねん。脅迫と判断されたら刑事事件になりまっせ」

美波は、行政書士のバッジを指さしながら話した。

「誰も脅迫しとらんやろ！」

「脅迫に当たるかどうかを判断するのは我々と違いますねん。警察や検察や裁判所ですわ」

一方で、店長らしき男と平行線のやり取りを続けていたのが北斗である。北斗は丁寧に説明しているが、話が全くかみ合わない。

「いわされたいんかワレ！　営業妨害やろ！」

「正当な行為なので、入ってきても営業妨害にはならないのですよ。未払い賃金の話をしたいんです」

「当事者と話をしたらええんやろ！」

「法律上、私たちと話をしてもらわないといけないのです」

話がかみ合わない相手に対し、あくまで穏やかに北斗は説明をし続けた。

「私たちは団体交渉のために来たのであって、あなた方は法律上交渉する義務があります」

北斗は自分たちが来た趣旨を淡々と説明し、団交申入書を手渡した。男はしばらくその紙に目を落とした後、さらにヒートアップして言った。

「何やおまえら、結局、銭金のこと言うとんやないか！　部外者は入ってくんな！」

美波が割って入る。

「まあまあ、そう言わんといてぇな。憲法上も法律上も、オレらが入れまんねん。交渉に応じな大変なことになりまっせ。これ、労基署の動く案件なんや」

「何が憲法じゃ、何が法律じゃ。この業界にはこの業界のルールがあるんやど。こいつはこの業界のルールに反しているんや。おまえらが出てくるな！」

「いやいや。業界のルールが国のルールに反しとった場合、国のルールの方が優先しまっせ」

「業界のことを何も知らんおまえらが言うな！」

「業界のことを何も知らんってか⁉　労基法違反や風営法違反で、ナイトクラブもガールズバーも、たくさん〝ギョウテイ〟食ろとるやないか。この店、照度は5ルクスあるんかいな」

この美波の発言に、店側の男性2人が敏感に反応した。彼らは明らかに顔色を変え、少しだけ場の空気が変わった。

「おまえ何者や！」

「行政書士や言いませんでしたか？　もともとはオレも同業者で雄華（オスカー）ちゅうとこにおった。業界の人間もそれなりに知っとる。あんたらの言い分は聞くさかい、とりあえず、きちんと交渉の席を設けることにしてもらわれへんやろか？」

ヘビ男は相変わらず因縁をつけようとしていたが、美波は落ち着き払ってこう言った。

「自分ら相手を見て言うた方がええぞ。オレ、老婆心から言うてるんやで」

やりとりがその後も繰り返され、最終的に、ユニオン側のメンバーはCRAZY NIGHTのメンバーに対し、3日後に場所を変えて交渉に応じる約束を取り付けた。それで、この日の交渉は終わった。

12　喫茶店での団体交渉

ムーンライト
その日の夜、突撃団体交渉後の感想交流会は、京橋駅前のムーンライトという喫茶店で行われた。ほんの少し前、3日後に団体交渉する場所として合意した京橋駅前の喫茶店である。念のため、事前に雰囲気などの下調べを兼ねて行っておこうということになったわけである。

まずは、当事者の遥香と彼氏の正一がお礼を言った。

「ドキドキしました。ありがとうございました」

「遥香のために、ありがとうございました」

続いて美里が本日の感想を言った。

「今日はいろいろ刺激的でした。遥香さん、あの店長のところで働いていたなんて……」

米内も、初めて味わったという恐怖を口にした。

「怖かったです。生きた心地がしませんでした」

北斗は、みんなにお礼を言った。

「ユニオンは助け合いです。今日参加してくださった一人ひとりにお礼を言います。特に、当事者の遥香さんと交渉担当者の美波さんは、よく頑張ってくれました」

そう言うとみんなの拍手を促した。

最後に、美波の感想も彼らしかった。

「ユニオンは愛やで。みんなも遥香さんが働いてきたお店の環境がどんな感じなのか、肌で感じることできた思う。彼女は根性がある思うで。チンピラみたいな店長に朝4時まで脅されて、普通はいやになって賃金の支払い請求をあきらめたなるとこやで。みんなで支えてあげてな。頑張っていきましょう」

そして、質問タイムに移った。頑張ったことをほめられたのが嬉しかったのか、当事者の遥香が美波に質問する。

「今日、分からない言葉があったんですけど……。お店の人、因縁をつけてきていたけど、〝ギョウテイ〟の話をしてから、ちょっと雰囲気が変わりましたよね」

「そら、ギョウテイ食らう話をされると、おっ、となるやろ」

「ぜんぜん分からずに聞いていたんですけど、〝ギョウテイ〟って何？　夜のお店は、ギョウテイを食うんですか？」

「餃子定食ちゃうで、業務停止処分のことや。ギョウテイ食らうと、店を開かれへんようになるねん。店にとっては客が離れたり女のコが別の店舗に移ったりして死活問題や」

「それで、相手の顔色が変わったんですね」

「ただ、まだまだ一筋縄にはいかへんことだけは覚悟しといた方がええで。次もおそらく話にならへんやろうさかい、交渉を途中で打ち切ることになるかもな。その場合、裁判に移行すると宣言して、全員で席を立つことにしよか」

美里も、私も質問していいですか、と美波に質問をする。

「やっぱり、チンピラみたいと言うか……前科があったり、犯罪を犯した人を相手に交渉するのって怖くないんですか？」

「おっ。ジャーナリスト志望の美里さんらしい質問でんなぁ」

美里の問いに、美波は喫茶店の窓から見える煌《きら》びやかなネオンライトを指さした。

「前科がある人は履歴書に空白期間があるわけや。そういう人を雇わへん業界は多い。そやさかい、過去の履歴を問われへんような業界に集まる。夜のお店で働く人の中に前科がある人がおるのは事実や。そういう意味では懐《ふところ》の深い業界であるとも言えるんやで」

美波はそう言ってから、再び窓の外に目をやってポツリと呟いた。

「そういう業界で働かざるを得ない男や女がおるってことなんや……」

正一は、黙ってブラックコーヒーを飲みほした。苦かったのか、その表情が何かを決意したように美里には見えた。

第2回団交

3日が経過した。第2回団体交渉が大阪・京橋の喫茶店ムーンライトで行われることになった。組合側は片倉と飛田が新たに加わり8名が出席。店側は店長とヘビ男の2名である。

店のウエイトレスが水を持ってきた。

「遥香さん、何にする?」

美里に問われ、遥香は少し迷ってから小さな声で言った。

「……ミルクティー」

「じゃ、私も」

2人以外は全員がコーヒーを注文した。テーブルに各自の飲み物が運ばれてきた。

「遥香ちゃんのドリンク代はこっちが出したるわ」

妙な猫なで声で店長はそう言うなり、５００円玉をテーブルに投げ出した。

「ありがとうございます」

遥香がそう言うのを遮り、その５００円玉を手に取って相手に返したのが北斗だった。

「彼女のドリンク代はまとめてこちらが出しますので」

「なんやそら。こっちが払たるゆうてんねん、われ喧嘩売っとんかい」

「払っていただけるのなら、ドリンク代としてではなく、未払い賃金の一部に充当していただくということでよろしいでしょうか」

ちっ、と店長は舌打ちをして、ブランド物の財布の中に５００円玉をしまい込んだ。

北斗は、コーヒーに一切口をつけず、常に相手側に正対する姿勢を維持し続けていた。美波は、砂糖を入れてかきまぜたりして、少しずつコーヒーを飲んでいた。

交渉が始まった。店長は、「退職するのはルール違反」「店が儲かっていない責任を取れ」「女のコは商品。商品が権利主張するな」などと並びたてた。

北斗は一つひとつ丁寧に説明をしたが、相手側はまともに会話をする気がないようであった。

「給与を支払うつもりがあるのですか?」

「店員全員の給料を支払ったら、払ったるわ!」

「どういう理屈ですか?」

「店に迷惑をかけたから当然やろ！」

「その理屈が通るかどうか、出るところに出て確かめてみましょうか？」

禅問答のような繰り返しが続く。店側の男たちは、まったく話にならない。というか、話す気がない。誠実に向き合うつもりがない。

（このままではどれだけ話をしても平行線だろう）

そのことを全員が感じ取っていたが、北斗はそれでも辛抱強く説明を続けていた。

2時間が経過した。店側には、この問題を解決する気がない、未払い賃金を支払うつもりがないのだと、北斗は最終判断した。北斗はみんなに合図を送り、終了を宣言した。

「では仕方がないので、裁判にしましょうか。法廷でお会いしましょう」

当初の作戦通り、訴訟に移行することを告知して全員で席を立つ。今回から参加した片倉が囃《はや》す。

「ハイ、終わりっすね。裁判っすね。裁判裁判！」

飛田が横からオマケをつける。

「労基署にも動いてもらわないといけないわよ～」

その瞬間、チンピラ風の店長は顔をしかめた。

「おい、ちょっと待てや。払わんとは一言も言ってない……」

「払わないと言っているのと同じことですよね」

店長は平静を装っているが、明らかに動揺している。

「金を払うつもりはある。ただ、いまは金がない」

「期限の利益が欲しいということでしょうか。そうであれば、期限と振込金額を決めておきたいのですが」

北斗は店長と詳細を詰めていく。協議の結果、ひとまず1か月間の猶予（期限の利益）を与えることになり、1か月後までに店側が未払い給与を振り込むことになった。

13　もう一つの事件

ガールズバー事件はひとまず、1か月間後に未払い賃金の振り込みがなされるかの結果待ちという状態になっていた。

その間にも、NPOには様々な相談が舞い込んできた。「辞めろ！」と言われてしまったという相談。給料がぜんぜん上がらないという相談。様々な電話がかかってきた。

その中の一つに、遥香からの新たな相談があった。

「正ちゃんがクビになっちゃう……」

第2回団交から1週間ほど経った頃、突然、遥香から電話がかかってきた。正一が仕事で交通事故を起こしたという。本人は無事で、被害者もいないというから人身事故ではなさそうだ。ただ、混乱しているようで、今は状況が上手く伝えられないようだ。

「まずは落ち着いて。それでクビになったりはしないから安心して」

とりあえず美里はそう答えた。

次の日、遥香からまた電話があった。会社では事故のお金を出せないから自分で払えと言われたらしい。正一は払うつもりらしいが、法律的には正しいのかという質問だった。

「正ちゃん安い給料で頑張って働いているのに、仕事で事故をしてお金を払わせられるってなんかおかしい……」

電話の向こうで遥香はべそをかいていた。

さらに次の日の夜。正一と遥香がＮＰＯ事務所にやってきた。

【職　種】土建会社（解体作業、廃棄物運搬作業）
【企業規模】中会社
【性　別】男性
【年　齢】20歳代
【雇用形態】正社員
【勤　続】5年
【地　域】大阪、摂津
【相談方法】電話相談→面談相談を希望

【問題分類】業務上の交通事故

　正一が事情を話し始めた。聞くところによると、会社側が自動車保険を使うのを渋っているらしい。自動車保険を含む保険関係については北斗が詳しかった。

「会社は社用車に自動車保険をかけています。ただ、事故の際に、自動車保険を使うと等級が下がってしまって、その結果次回から保険料が高くなる。会社側が保険を使うのを嫌がるのはそういう理由なのではないですか」

「はい。そう言われました」

「しかし、法律上は雇用関係における使用者に報償責任がある。利益を得ている会社側が自動車保険を使うべきだという主張をしてみてもいいんじゃないだろうか」

北斗の提案に、正一は「はい」とうなずいた。会社と交渉する決意を固めたようだ。

「遥香がお世話になっているのに、自分までお世話になって申し訳ないです」

「何言ってるんですか。お互い様じゃないですか」

　正一が団体交渉ではなく第三者を交えての方法がいいと希望したこともあり、あっせんを利用することになった。ＮＰＯではあっせん申立書を作った。債務不存在、つまり、お金を支払う義務はないということの確認のための交渉である。

あっせんでは相手から申立書が送られてきた場合、不安を与える可能性がある。そこで、事前に訪問し、いきさつを含めた丁寧な説明をして、相手方にも誠意を示しておくことにした。正一の職場を事前に訪問し、あいさつしておくのである。

北斗は大阪府摂津市に車を走らせた。助手席には美里、後部座席には遥香を同乗させている。摂津市内に入ると、いくつもの工場や工事現場が点在している。

「働いている正ちゃんを見てみたい……」

遥香の希望で、会社の本社に直行するのではなく、正一が働いている工事現場に寄ることになった。摂津市内のとあるブルドーザーが動いている工事現場、その前で、北斗は車を停めた。

ブルドーザーが鎌を持ち上げている。次の瞬間、ブルドーザーがうなりをあげて巨大な鎌を古い建物の壁に食いませる。壁は身をふるわせ、ガッシャーンと断末魔を発した後、ドッシャーンと砂《さ》塵《じん》を辺り一面に広げながら崩れ落ちた。

そこから生まれた廃材を運ぶ仕事を正一はしていた。上半身は作業着で、顔は汗と埃《ほこり》にまみれていた。

「ここが正一さんの現場かぁ」

美里は興味深そうに見ている。北斗はメモをしながら言う。

「トラックにも乗れる免許を持っているんだろう。今は解体工事の最中だけれども、廃棄物をトラックで運んでいるうちに事故を起こしたということか……」

正一は遥香らが来ていることを知って手を挙げた。かといって、特別に振る舞うことはなく、黙々と廃材を運ぶ作業を続けている。

「汗をかきながら仕事しているんだ……」

遥香はその光景をキラキラした瞳で眺めていた。


一行は工事現場を離れ、車で10分ほどの本社へと向かった。北斗は社長に挨拶に行った。

「挨拶がてら、会社の社長さんにも伝えておきました。正一さんの働く姿を見させていただきましたよって」

遥香は少しはにかんだ。

「帰りも少し寄ってもらえますか」

遥香の希望で、再び正一が働いている工事現場の前で、北斗は車を停めた。正一は遥香らがもう一度来たことに気が付いたが、同じく黙々と作業を続けていた。

17時を少しまわったところで、正一は作業を終えた。正一は迷いのない足取りで遥香らに近づいてきて声をかけた。

「今日はこれで終わりです。ちょっと着替えてきます」

10分も経たないうちに正一は着替えて出てきた。遥香が車の前で両手を結んで出迎えた。

「働いている姿がかっこいいんだから」

「あほ、みんながいる前で……」

正一は頓狂に言った。

「いいやん」

「やめーや」

遥香は怒った風に、どんと正一に体当たりを喰らわせた。北斗は苦笑いしながら、車の中から声をかけた。

「帰り、市内まで送るよ」

遥香はツンと上を向き、先に立ってさっさと歩いて車の後部座席に乗り込んだ。ほいほいと正一は後から付いていきて、同じく後部座席に乗り込んだ。

車は大阪市内を目指して走った。ヘッドライトとテールライトが光の流れとなって、夜の幹線道路を彩っていた。

14 労基署必勝法

メンバーが、久しぶりにユニオン事務所に集まっていた。北斗がホワイトボードの前に立って話し始めた。

「嬉しい報告と残念な報告があります。まず、嬉しい報告から。正一さんの案件ですが、あっせんの結果、事故の損害金を支払わなくてよいことになりました」

みんなが拍手をする。会社側が自動車保険を使用することに同意したのだ。

「次に残念な報告です。遥香さんの案件について、店側に約束を反故にされました」

北斗は、これまでの経緯とこれからの作戦をゆっくりと話し始めた。

「皆さんもご存じのように、突撃団交（組合側6名参加）の3日後に、第2回団体交渉（組合側8名出席）が開催されました。未払い給与が支払われる約束により、解決へ大きく前進したように思われました。しかし、先日振り込まれた金額は、わずか1万円でした。当初の約束に反し、未払い賃金額を大きく下回るものでした。連絡を取ったところ、店長はこれ以上は支払う意思はないと明言しています」

予想されていたこととはいえ、さすがに皆が険しい顔つきになる。美里は、とりあえず、と前置きして提案をした。

「もう一度、みんなで労基署に申告を行うというのはいかがでしょうか？」

北斗が同調した。

「良い考えだと思います。今回は申告書を作成してから行くことにしませんか」

「オレも賛成や。どっちにしても、もう一度労基署へ行って申告せなアカン。一人だけで行かせるのやなしに、今度はオレたちがついて行かなアカンで」

美波も同調し、メンバーの意見を取り入れながら、北斗は方向性をまとめ始めた。

①店にプレッシャーを与えて、まともな話し合いの場に戻すことが最善である。

②そのためには、労働基準監督署には（店側との最終交渉もしくは法的手段を講じる前に）、本人と一緒に行って申告をしておくこと。

③その際は最初に出てくる相談員と話すのではなく、監督官との面談に早く切り替えるように要求すること。

メンバー協議のうえ、このように方向性を決めて、労基署に申告を行うことになった。

労働基準監督署への申告

労基署には管轄がある。申告の客体であるCRAZY NIGHTがある所在地は大阪市都島区である。その関係上、本日の参加メンバー7人は、管轄となる大阪市北区天満橋にある天満労働基準監督署へと向かった。

突撃団交から参加している米内が、緊張した面持ちの遥香に話しかけた。

「この前、ごめんな。僕、あかんたれで」

米内はその後、自分が退職勧奨されたりパワハラを受けた時のことを遥香に話した。

「僕もかっこ悪い経験をして、みなさんにお世話になって。自分もほかの困った人の役に立てたらええな、そう思って参加しているんや。僕は今も非正規で。だから安心してというか……」

遥香は、うんうんとうなずきながら聞いていた。

大きなビルの中にある労基署に着いた。まずは遥香が窓口に立ち、打ち合わせ通りに告げた。

「すみません、労働基準監督官を出してほしいのですが」

そう希望したが労基官は出て来ず、若い相談員が応対した。資料を見ながら、お店の名前や所在地を確認しつつ、だんだんと眉間にしわを寄せていく。

「ご自身で交渉されましたか」

「交渉したんですけど、事実上、決裂しました」

「これは夜の案件ですよね。夜のお店は指導しても従わないと思うんですけど……。なかなか難しいんですよねぇ」

「いやいや、ちょっと待ってくれへんか」

美波が割って入った。

「アンタただの相談員なんやろ?　こっちは有給休暇と交通費つこてここまで来てまんねん。わざわざ金と時間をかけて労基官に申告に来たんや。単に相談に来たんやあれへん。このままやと不作為になってしまうけど、ええんですか。労基官と相談してきてくれへんかな。オレは、こういうもんです」

美波は行政書士の名刺と労働組合の名刺を出した。相談員は2枚の名刺を受け取ると窓口から奥へと下がっていった。後ろの方で労基官になにやら伝えているようである。

次に窓口にやってきたのは労働基準監督官だった。

「すみません、相談員が不適切な発言をしたようで。受け付けないとは言ってないのでご安心ください。申告ですか?」

「そうです。労働基準法24条違反。同15条違反もあります」

美波は申告書を取り出し提出した。労基官は、本人である遥香に直接いくつかの確認のための質問をした。

しばしの時間が流れた。

「わかりました。受理させていただきます。交渉が決裂したら教えてください」

遥香は、ほっとしたような表情を浮かべ、少し顔を赤らめた。その表情を見て、ほかのメンバーの表情も和らぎ、緊迫した雰囲気がほぐれていった。

労働基準監督署への申告はこうして無事に終了した。

「よかったです。やっぱり専門家と一緒だと、ちゃんと受理してくれるんですね」

労基署対応後の帰り道、美里は嬉しそうにしゃべっていた。

「労基署がどれだけ動いてくれるかわからへんけど、これで、交渉が決裂しても、労基署が動いてくれるかもしれん状況を作り出せたなぁ」

美波も嬉しそうだった。

「沢山の方がいてくれて心強かったです。申告を無事に果たせて感激です。あとは、進捗を見守ればいいんですね」

遥香もホっとしたように話した。この日は、当事者の遥香に付き添って、北斗、美波、米内、片倉、飛田、美里の合計7名が参加していた。遥香は、一人ひとりにお礼を言い、最後に米内の耳元でボソッと呟いた。

「米内さんみたいな人がそばにいてくれて安心できました。ありがとう」

黄昏時が迫る空は、どこまでも澄んで広がっていた。

15　右手に民事裁判の訴状、左手に刑事告訴状

労基署から反応があったのはそれから数日後であった。労働基準監督官である尾長さんから電話がかかってきた。北斗が応対する。

「お店に電話をかけると、お前らは関係ないやろ、とか因縁をつけてきましてね。一応、指導をしておきましたが、きちんとお金を支払う気があるのかどうか……」

「あと一度だけ、交渉をする約束はあるのですが、現時点で事実上、これ以上の支払いを拒絶し

ている状況です」

「交渉が決裂して指導にも応じない場合は、少額訴訟が一番いいでしょうね」

「裁判しろということですか?」

「お金はもういらないっていうなら、こちら(労働基準監督署)を通じて逮捕することもできます。労基官は逮捕権をもっていますから」

「ありがとうございます。また、報告させていただきます」

その後、メンバーがユニオン事務所に集まった。今後の手段として、どのような法的手続きを採れば良いのかが話し合われた。最終交渉が残されているが、現状ではこのまま決裂する可能性が高い。

「う〜む、様々な手法のうち、どれを採るかだなぁ」

北斗は、ホワイトボードに板書した。


〈手法〉
・労働基準監督署→申告済みの段階
・団体交渉→最終交渉が残されているが決裂の可能性あり
・抗議宣伝
・法的手続きとして、あっせん、労働審判、裁判(少額訴訟・簡易裁判)

正攻法ばかりを並べる北斗に対して、美波が違う視点からの問題提起をする。

「店を辞めると言ったら監禁（朝4時まで）された。この事実は、脅迫罪、強要罪、監禁罪に該当するんちゃうか」

美波はホワイトボードに「刑事告訴」と書き足した。

美里が手を挙げて発言をした。

「あの～。民事裁判と刑事告訴の両方をするというのはいかがでしょうか？」

北斗は少し考えてから、きっぱりと言った。

「よし。それで行こう」

北斗と美波は訴状と証拠資料とに役割分担し、裁判に必要な書類の作成を進めていくことにした。遥香も含めて、時給と労働時間から未払い賃金を算出し、天引きされていた月3000円雑費や7パーセントの事務手数料も労基法違反として返還を求めることになった。未払賃金を民事裁判で請求する準備をするのと同時に、刑事告訴についても、告訴状を用意しておくことになった。

最後の交渉

最後の団体交渉が京橋の喫茶店で行われる。民事訴訟と刑事告訴の両方の法的手続きを検討しつつ、最終交渉に挑むことになった。

組合側出席者は、当事者である久田遥香、美里、北斗、美波の4名。短時間で交渉が決裂する可能性が高いこと、喫茶店に大人数では迷惑がかかる可能性があることなどを考慮して、今回は人数を絞った。

4人が席に着く。店側の2人も席に着いた。店長がこれ見よがしに発言する。

「労基署からは電話があっただけでそれ以上何にもないど。言い負かしたったわ」

美波はその発言を無視し、一切表情を変えることなくポーカーフェイスのままでいた。北斗は、現時点での話でしょ、と小さな声でつぶやいた。

ウエイトレスが水を持ってきて、注文を取った。

「遥香さん、何にする?」

ざわめきの中で一瞬の静寂があたりを支配した。遥香は迷いなく、きっぱりと言った。

「レモンティー」

レモンティー? 美里は違和感をおぼえた。たしか前回、遥香はミルクティーを注文していたはずだ。思わず美里も口走った。

「じゃ、私も」

美波が美里にアイコンタクトをしてきた。何の合図を送ってきたのか、美里はつかみかねていた。北斗も美波と目線を合わせたが、美里の胸の内に生じた小さな波紋には気が付かない風だ。

前回同様、2人の女性以外、男性は全員がコーヒーを注文した。テーブルに各自の飲み物が運ばれてきた。

「久しぶりやなぁ。遥香ちゃんのドリンク代はこっちが出……」

「いいです！」

前回と同じセリフに、遥香は、店長の申し出を一蹴した。

美波は、前回は砂糖を入れて少しずつ飲んでいたコーヒーを、今回はブラックのまま一気に飲み干し、北斗に交渉を始めるよう合図した。

「それでは第三回団体交渉を開始させていただきます」

最後の団体交渉にもかかわらず、店側はこれまでと同じように因縁をつけてきた。

「オトシマエをつけろ」「店を赤字にした」「女の子の仲が悪くなったのは、あいつのせい」「店の従業員の給料を全部支払え」「本人と話すからほかのやつは出てくんな」……。

北斗はいつも通り冷静に対話に努めたが、埒《らち》が明かないと悟ると、きっぱりと切り替えて言った。

「今更ですが、あなた方が初めからまともな交渉をするつもりなどなかったということがわかりました」

北斗は、右手に民事裁判の訴状を、左手に刑事告訴状を持って相手方に見せた。

「今後、法的手続に移ることを宣言します」

そこに美波が被《かぶ》せる。

「賃金を支払うつもりがないんでしょ？　賃金ドロボーさん！　民事訴訟、刑事告訴、その両方で行かしてもらいまっせ」

美波の合図に合わせ、4人は全員席を立った。

「おい、ちょっと待ってや」

店長ではなく、ヘビのような舌をした男の方がそう言って懐《ふところ》から封筒を取り出した。

「数えろや！」

中には札が入っており、数えると2か月分の未払い賃金額が入っていた。北斗は、この金額で和解をしてよいかを遥香に尋ねた。遥香はうなずく。

北斗はお金を受け取った後、用意していた領収証と示談のための和解契約書を渡した。和解契約書に、刑事告訴を取り下げる旨の文言も記載されていることを確認してから、店側の店長がサインをした。和解契約書は2通作成され、それぞれが各1通を保有することになった。

こうして、ガールズバーから未払い賃金を支払わせるための闘いは、静かに幕を閉じた。

16　それぞれの過去

「団交に参加してくださった方、その他応援してくださった方、みなさま、応援ありがとうございました」

ＮＰＯとユニオンが共同開催した勝利報告集会で、遥香は丁寧におじぎをしながら言った。

「完全勝利解決ですね。スカッとしましたね」

「最後まであきらめずに、本当によく頑張った！」

勝利報告集会には20人ほどのメンバーが集まった。みんながそれぞれ祝福の言葉を遥香に投げかけた。

簡単な経過と勝利の報告が終わると、飲み会が始まった。美里は、遥香にお祝いの言葉をかけた後、美波の隣の席へと移動した。この機会に、美波に聞いておきたいことがあったのだ。

「最後の交渉の時のことを伺ってもいいですか？」

「ええで」

「店側は、お金を用意しながら、あわよくばお金を払うことなく、〝のらりくらり〟を続けようという作戦だったと思うんです」

「そうやった思うで」

「やっぱり、訴状を目の前に置いた時点で、相手はもう勝てないと観念したんですかね」

「ちゃう。その前に、こっちの勝利を確信した瞬間があった。その時に勝負はついとった」

「どの瞬間ですか？」

美波は、美里の目を覗き込んだ。

「記者になりたいんやったな。以前、美里さんのことを、ええジャーナリストにも記者にもなられへんって断定したことを覚えているか」

「はい」

「あの言葉、今ここで、正式に撤回する。今回、魅力的なジャーナリストになれる可能性を感じさせてもろた。美里さんは優秀でええセンスをしてると思う。人の表情や小さな変化にも敏感や」

「それは嬉しいですけど……で、今回の交渉は、どの瞬間に勝負はついとったんでしょうか」

おまえだしぬけに関西弁を使うなよ～、と美波はちょっとおどけてから言った。

「美里さんも、そのうちわかるようになる思うで。相手の表情だけやなしに、相手の心の動きを見つめるんや」

「も～、今わかっておきたかったんですけど。心の動きを見つめる……でもそれって、見えないから難しいじゃないですか」

「確かに見えん。でもあの時、遥香さんがレモンティーを注文したことに、驚いた風にしとったやろ？」

「あ、そうなんです、あの時のきっぱりとした言い方含め、なんで前回とは違うのかなって思いました！」

「それや。あん時オレ、君に目くばせしたやろ。いやオレかて、その意味までは分からん。でも、明らかに、今回の交渉に腹くくって臨んどることが伝わったんや」

「その後、店長が遥香さんのドリンク代出すって言おうとしたら、途中で遮ってましたよね」

「あれで相手側も怯《ひる》んだんや。それまで連中にとってはしょせん〝店の女のコ〟やった遥香さんが、急に人格を持った一人の人間に見えたんやろうな。いくら北斗はんやオレが周到に準備して交渉に臨んでも、本人が腹くくらんことには勝負にならん。それを相手も感じ取ったとわかったから、その後もなんや、ごちゃごちゃ言うとったが、勝負はついとると、北斗はんもオレも確信できたんや」

そうだったのか……美里はあっけにとられた。でも、そこまではわからなかったにせよ、その場の空気の変化に違和感を感じることのできた自分に、少し誇らしい思いがした。

美里は質問を変えて続けた。

「ガールズバーのようなナイトビジネスは特殊な業界なのかもしれないですけど、一般の会社でも残業代を支払っていなかったり、有給休暇を取らせにくくしていたりするのは、なんでなんでしょうか」

「雇用の劣化やな。残業代未払は賃金ドロボーそのものや。有給休暇を取らせないのも同じ理屈や。そやろ。もともと有給休暇は賃金の中に組み込まれとるものや。年収いくらという取り決めで会社と正社員契約をして働く場合、年間所定労働日数が決められていて、そこから有給休暇の取得が予定されている。働く側には当然取る権利があるんや。それなのに、有給を取らせんのは、やっぱり賃金ドロボーとあまり変わらん」

美里は美波から聞き終えた後、片倉と飛田、それに恵子のいるテーブルの席へと移動した。

「私、片倉さんと飛田さんとは、これまでゆっくりお話しできていませんでした」

ふふん、と片倉は体を小さく揺すった。

「お伺いしたいんですけど、お2人はどうやってこの団体と出会ったんですか？」

美里の問いに、まず片倉が答える。

「自分は高校を出て建設会社で働いていました。そこで事故に巻き込まれて。その時に助けてくれたのが、北斗さんや恵子さんっす。労災申請などでとてもお世話になりました。自分も、時間がある時は少しぐらい恩返ししたくて、それでお手伝いさせていただいている感じっす」

続いて飛田が答える。

「あたし、会社でいじめられていたのよ。パワハラねぇ。その時に助けてくれたのがここの人たちなのよ。ホントお世話になりましたわよ」

美里は嬉しそうに2人にお礼を言った。

「ありがとうございます。自分が関わった案件が解決した後も、こうしてイベントに参加していただけるなんて感激です」

美里はさらに質問を続けた。

「北斗さんと美波さんの交渉の仕方の違いに驚きませんでしたか？　私、初めてで。北斗さんと美波さんとでは、性格も正反対だと思うんです。でもお互いに信頼し合っているというか……。お二人は北斗さんと美波さんのこと、どう思われますか？」

「ちなみに美里さんは、どう感じておられるんっすか？」

「北斗さんは近寄りやすいけど、美波さんは他人を寄せ付けない雰囲気があるというか……」

それを聞くや否や、飛田は片倉と顔を見合わせた。

「逆だと思いますわよ」「そうっすね」

片倉が、少し考えてから答えた。

「北斗さんも美波さんも、圧倒的な能力と魅力の持ち主という点では共通っす。北斗さんは、学生時代に全日本学生法律討論会で優勝。ユニオンでは交渉において百戦百勝。美波さんは、建設業界や風俗業界などのややこしい相手であっても、怯《ひる》むことなく話をつけてきます。交渉も知る限り全勝っす。ただ、お二人では、能力との向き合い方が違う気がします」

「能力との向き合い方？　どういう意味でしょうか？」

「北斗さんの能力は、本人の意志と直結していて、ものすごい努力の上に身につけたものです。そして、自分にあって他者にないもの、他者にあって自分に足りないものを明確に自覚していて、結果的に、論理的で鋭い打ち手をいつも導き出せる」

それに対して、と片倉は続けた。

「美波さんは自分のパワーを持て余して、たまに強い者にぶつけている感じっす。美波さんは自分の能力に無自覚のように映ります。それが美波さん特有の大らかさを生んでいる気がします。美波さんのタレント性は他者を遠ざけないっす」

片倉はそう一気に語った。それに飛田が付け加える。

「確かに美波さんはぶっきらぼうで強引なところもあるけど、彼の法律に関する知識と経験は圧倒的よ。合法と違法のはざまでビジネスをしているような業界で働いてきただけのことはあるわよ。労働問題に関しても、法務部で労務案件を担当してきただけあって、他のメンバーに比べて群を抜いていますわ」

美波が法務部で労務案件を担当してきた──美里は、北斗が学生討論会で優勝したという事実以上に驚きを感じた。

「うちのばり好きな〝ホクトとミナミ〟の話をされとらるーね。あの2人、いっちょん性格が違うとに、どっかそら似とーところがあるんよね。うちも入ってよか？」

同じテーブルで3人の話を聞いていた恵子が楽しそうに声をかけてきた。もちろん、と美里は答える。

「〝ホクトとミナミ〟の違いは鮮明ばい。美波さんの突破力は派手で破壊的ですらある。ばってん、相手方との真剣な勝負において、メンバーの心の拠りどころになるとは、北斗さんの展開力や判断力だて思う。誰も想像できなか戦況や厳しか状況になったとき、それば耐えて打破できるとは北斗さんだけのごて思える」

飛田もわが意を得たりというように続けた。

「あれねぇ。派手さはなくて地味かもしれないけど、ゆるぎなき信念をもって不動の北極星の位置づけに北斗さんがおられるということよね」

「そうばい。過労死防止法制定の署名集めや、ユニオンとして、活動家として、何百人、何千人、何万人にチラシば渡し、労働条件改善や反原発などばうったえてきた。偉かばい」

美里は、普段NPOで一緒に活動をしている北斗の、知らない一面に触れた気がした。片倉や飛田の過去も垣間見ることができた気がした。

向こうのテーブルからは、遥香と正一の笑い声が聞こえてきた。美里は、人にはさまざまな歴史があるんだな、と思った。考えてみればここは、過去に傷ついた経験を持つ人たちの集まりなのだ。なぜだか、みんなが愛おしくなった。

17 2つの希望

NPOにも束の間の平穏が訪れていた。もちろん、労働相談の電話が絶えることはない。様々な電話がかかってきて、いつものように、北斗と美里が対応した。

とはいえ、ガールズバー事件の勝利報告集会も終わり、美里は自分の進路のことも考え始めていた。美里は思い出したように、北斗に話しかけた。

「あの勝利報告集会に参加されていた方は、過去に自分も困ったことがあって、NPOやユニオンにお世話になった方なんですよね。みなさん、北斗さんらに感謝をされておられましたよ」

「ありがたいなぁ」

「自分の問題が解決したら、辞めちゃうメンバーも多いと聞きましたけど」

「そうです。入るのもやめるのも自由な組織ですから。だからこそ、NPO会員として、あるいはユニオンメンバーとして、自分の問題が解決した後もイベントに参加してくださる方には感謝です」

「たくさん入ってたくさん辞めちゃう……。未組織労働者の組織化って、困難なテーマなんじゃないですか?」

「そう思います。本来、労働組合は法律を後ろ盾とした〝使える組織〟なので、個人加盟ユニオンの運動はもっと盛り上がってもいいはずです。ただ、個人加盟ユニオンについては、そもそもよく知らないか、旧来的な労働組合のイメージしか持たれていないことが多い。そんなわけで、今非正規雇用で苦しんでいる人たちとの間に距離感ができてしまっているような気がします」

「北斗さんのおっしゃる『そもそもよく知らない人』は加入するのに躊躇しますし、『旧来的な労働組合のイメージの延長線上に捉えてしまう人』の中には、従来の組合が持っている党派性みたいなものに抵抗感があったりする人もいますよね。そうすると、ブラック企業や非正規雇用で苦しんでいる人たちとユニオンとは、なかなか繋がりにくい……」

北斗は、わが意を得たり、という表情を浮かべながら言った。

「課題はありますが、私は2つの希望を見出しています。ひとつめの希望は、私たちのような労働ＮＰＯの存在です。もし、労働ＮＰＯの活動を基盤に、全労働者の４割以上を占める非正規労働者をいくらかでも組織することができれば、日本の労働環境は大きく変わると思います。

　ふたつめの希望は、立ち上がる人の存在自体です。ある意味で、自分の問題を解決するためにＮＰＯやユニオンに加入した人が、解決後に辞めてしまうのは仕方がないことだと思っています。でも、たとえ一回限り、一期一会であっても、その体験や経験には意味がある。地域や職場で不条理に対して声を上げ、おかしいことをおかしいと言う。そうやって立ち上がったことは、一生その人の自信や経験になります」

「自信や経験……ですか」

「そうです。そして、その人が立ち上がったエネルギーは、冷え切った地域や職場の中に、多少なりとも熱を与えたはずです。それは人に伝わり、また連鎖していくものです。それが社会運動のリアルなのだと思います。そうやって少しずつ、世の中は進歩してきたのだと思いますよ」

　美里はこれからの人生をどう生きるか、大切なヒントをもらった気がした。そして、少し考えた後、茶目っ気たっぷりに嬉しそうに話した。

「そういえばこの前、美波さんに『魅力的なジャーナリストになれる可能性を感じた』って褒められちゃいました。私も少しは進歩したんでしょうか？」

「そりゃ良かった。美波は人を見る目は確かだと思うよ。美波は、幼いころから人生の艱難辛苦《かんなんしんく》を味わってきている人間だから、彼から学ぶべき点はたくさんあると思います。美波は美里さんの年齢のころにはもう働いていたから。現場作業をしていたんじゃないかな」

「そうなんですね……美波さんと一緒に過ごした時間を振り返ると、今まで知らなかった世界を見せてくれてたんだなって思います。遥香さんだって年齢は近いけど、私の周囲にいないタイプの人でした」

シングルマザーの家庭に生まれ、高校時代から家計を助けるためのアルバイトをして、就職後もずっと昼と夜のダブルワークをしてきた遥香のような人と付き合ったのは、思えばこれまでの人生で初めてのことだった。美里は、かつて正一の働く現場を3人で訪ねた時、汗と埃にまみれて黙々と働く正一の姿を、まっすぐに見つめていた遥香の表情を思い出した。

美里は窓から川辺を眺めた。小さいけれども、桜の蕾《つぼみ》がそこからは見えた。


夕方、郵便受けに、封筒が届いていた。郵便を開けて分類するのは美里の仕事になっていた。（お礼状かな？）美里が開封してみると、中には結婚式への招待状が入っていた。

そこに書かれてある文字を見て、美里は、思わず、ぴょんぴょん飛び跳ねていた。

「結婚式の招待状が届きました！　正一さんが新郎、遥香さんが新婦です！」

冬が終わりつつあり、春がもうそこまで来ていた。

あとがき

この小説の舞台となっているのは、労働NPOです。モデルとした労働NPOでは、シンポジウムやつどいを開催し、相談の解決支援や労働・貧困の実態の啓発、求められる政策の提言を続けています。相談内容は、ブラック企業、ブラックバイト、過労死・過労自殺（過労自死）、パワハラ、セクハラといった労働問題が中心です。

若者の格差・貧困問題が注目され、特に「非正規雇用」の問題や「ブラック企業」の問題がクローズアップされてから、10年以上が経過しました。著者は、「ブラック企業問題」と「過労死問題」を2大テーマに位置付けてきました。非正規雇用に限らず正社員であっても低賃金・長時間労働が蔓延していること、誰もが歯車が狂えば貧困や過労と隣り合わせの時代になっていることを、告発し続けてきました。幸いにして私達の様々な活動は、テレビ、新聞、雑誌などでも多数取り上げていただき、社会問題化され、「過労死防止法」の制定や「働き方改革」へと繋げることができました。

いくつかのハッピーな物語を紡ぎ出せた一方で、焦燥感を抱えているのも事実です。

20年間は学び、40年間は働き、残りの人生は年金で生活する。そんな戦後の一般的であった人生モデルが破壊されてしまいました。今や、奨学金という名の教育ローン、雇用破壊、年金崩壊により、ライフプランそのものの見通しが立たない時代になりつつあります。雇用の劣化・社会の劣化はますます拡大し、労働や社会の「質」が変容させられ、多くの若者は新自由主義を内在化させられてしまっています。戦後、長い時間の中で獲得してきた労働者の権利・生活者の権利が、一挙に危機にさらされています。「生き死に」に関わる問題なのに、です。

著者の活動の精神的支柱となり、執筆の際、著者を常に書斎の本棚から温かく見守ってくれていたのが、「フィラデルフィア宣言」と「レ・ミゼラブル」でした。

すべての近代労働法の礎である「フィラデルフィア宣言」（１９４４年にフィラデルフィアで開かれた総会で採択された国際労働機関・ＩＬＯの目的に関する宣言）はこう述べています。

「労働は、商品ではない」

「一部の貧困は、全体の繁栄にとって危険である」

今や、近代労働法の理念とは正反対の考え方が跋扈《ばっこ》し、生産性で人間の価値がはかられるような世の中が形成され、全体の繁栄にとって危険な一部の貧困が見過ごされつつあるように思われてなりません。

ヴィクトル・ユゴーの小説「レ・ミゼラブル」は、「ああ無情」という邦題でも出版されていますが、直訳すると「悲惨な人々」「みじめな人々」という意味になります。

原作の基本にあるのは「不平等社会への怒り」です。ユゴーが19世紀のフランスで目にしたのは、富裕層が好景気でますます裕福になっていく一方で、逆にますます貧しくなっていく底辺の惨めな人々（レ・ミゼラブル）の存在でした。格差を前提とする社会構造への怒りから、ユゴーは、19世紀フランス社会の不平等や不条理を描き出した壮大な叙事詩を完成させました。

今もなお、世の中の不平等は悲しいほどに拡大しています。私たちが生きているのは、上位1％の富裕層が世界の富の大半を所有する、いびつな社会です。

書籍だけでなく、映画、さらにはミュージカルとして、「レ・ミゼラブル」が時代を超え、まるで不死鳥のように世界各地で繰り返しブームを引き起こしている背景にあるのは、新自由主義の蔓延による格差拡大とも無縁ではないと考えます。

そして本書もまた、時間と空間を超えて、思いを紡ぐための物語になれればと思います。

最後に、この本の執筆を続けられたのは、たくさんの「当事者」の方々と、私を支援し応援し続けてくださった方々のおかげです。深く感謝いたします。

花伝社のみなさん、とりわけ、編集部の佐藤恭介さんには大変お世話になりました。佐藤さんがいなければこの小説はこの世に誕生していませんでした。この本を生み出してくれてありがとう。

そして、読者であるあなたに、お礼を述べさせてください。

この本を手に取ってくれてありがとう。

そして、どうか、この本を広げてください。どうか、語り伝えてください。

明日を夢見て、今日を一生懸命に生きた、21世紀の日本の〝名もなき人たち〟の物語を。

人間の良心を。
そしていつの日か来るであろう、今よりもっと美しい世界の可能性を。
明日の社会は、今日の社会の構成員がつくります。
また、きっと、お会いしましょう。
ありったけのありがとうを込めて。小さな希望を胸に。
「レ・ミゼラブル」の序文の言葉を引用して、本書のしめくくりとします。
「この世に無知と悲惨のある限り、この種の物語は、必要であろう」

北出　茂

北出　茂（きたで・しげる）
1974年生まれ、大阪府出身。社会保険労務士（大阪府社会保険労務士会所属）。経営法務コンサルタント。地域労組おおさか青年部顧問、全大阪地域労組協議会執行委員、NPO法人働き方ASU-NET常任理事、過労死防止大阪センター事務局長などを歴任。
著書に『過労死のない社会を』（岩波ブックレット、共著）、『これではお先まっ暗！』（学習の友社、共著）など。

労働NPOの事件簿——仕事をめぐる「名もなき人たち」のたたかい

2023年2月5日　初版第1刷発行

著者 ——北出　茂
発行者 —平田　勝
発行 ——花伝社
発売 ——共栄書房
〒101-0065　東京都千代田区西神田2-5-11出版輸送ビル2F
電話　03-3263-3813
FAX　03-3239-8272
E-mail　info@kadensha.net
URL　http://www.kadensha.net
振替 ——00140-6-59661
装幀 ——黒瀬章夫（ナカグログラフ）
印刷・製本—中央精版印刷株式会社

ISBN978-4-7634-2048-0 C0036